ハヤカワ文庫 SF
〈SF2171〉

宇宙英雄ローダン・シリーズ〈564〉

永遠の奉仕者

マリアンネ・シドウ＆クルト・マール
稲田久美訳

早川書房
8148

PERRY RHODAN
DIE EWIGEN DIENER
WELTRAUMTITANEN

by
Marianne Sydow
Kurt Mahr
Copyright ©1983 by
Pabel-Moewig Verlag KG
Translated by
Kumi Inada
First published 2018 in Japan by
HAYAKAWA PUBLISHING, INC.
This book is published in Japan by
arrangement with
PABEL-MOEWIG VERLAG KG
through JAPAN UNI AGENCY, INC., TOKYO.

目次

永遠の奉仕者

永遠の奉仕者

マリアンネ・シドウ

登場人物

第一製造者 小監視者 末っ子	クロングの権力者
Ｐ＝ゼロ	クロングのスパイ
アモ ニタ	パルスフのファミリー長
ベリーセ	ヴィシュナの具象
ルシウス サイコ	アンドロイド。ベリーセの奴隷

1

　クロングとパルスフの両ファミリーは、はるか昔からならんで宇宙空間を漂流していた。その長い期間、太古から予言されていた主君を探しつづけている。すでにどれほど長く探しつづけてきたかを考えると、クロングとパルスフがいまだにその捜索の目標と意味を確信していることに、ただ驚かされる。

　だが、この変わった巡礼グループふたつについてくわしく情報を得たなら、かれらがその使命を忘れてしまうことのほうがもっと驚くべきだと思うかもしれない。

　というのも、クロングとパルスフはロボットにほかならないからだ。かれらは〝永遠の従者〟と自称する、シャット＝アルマロングという名のロボット文明に属するマシンなのである。

　シャット＝アルマロングは自分たちの素性についてなにも知らない。故郷から追放されたパルスフとクロングの両ファミリーもそうだ。故郷にはこうしたファミリーがぜんぶで十ある。シャット＝アルマロングはどこか遠い銀河間の虚無空間にいて、思いだせるかぎりの時間、自分たちの主君を待ちつづけている。ロボットにとり、一般的には忘れるということがまったく不可能であることを考えると、しばしば引用されるシャット＝アルマロングの主君については、完全におかしいと結論せずにはいられない。主君は、はるか昔に死んでしまっているか、従者のもとにもどる気がないかのどちらかだからだ。それとも、シャット＝アルマロングがプログラミング上の致命的欠陥から、主君とべつの生物を識別できず、たんに殺害してしまったため、もどってこないのかもしれない。それ以外にも可能性は多々ある。

　しかし、なにがあったにせよ、シャット＝アルマロングにはその原因を探る能力はなかった。有機生物なら、そのような謎めいた主君が本当に存在するのかと、いつか疑いを持ったであろう。だが、シャット＝アルマロングは永遠に待ちつづけることにいやけがさすことはなかった。とにかく、この驚くべきロボット種族に属する、すくなくとも〝ふつうの〟者たちは、ロボット的な執拗さで、待つことだけに固執《こしつ》していた。クロングとパルスフの場合がはっきりしめすように、例外もあったのだが。

　主君候補が次々にシャット＝アルマロングのもとにあらわれたという事実は、ことの性質上やむをえなかった。シャット＝アルマロングの故郷は虚無空間にあり、当然のことなから、宙航士の興味をそそるようなものはなにもない。ところが、予想に反して探知スクリーンになにかがあらわれると、もちろんよりいっそうの興味をそそることになる。見方を変えれば、探知されるほど大きく、話題になるほど長いあいだ存在するものにとって、虚無空間は理想的なかくれ場だからだ。シャット＝アルマロングの故郷はこの両方をそなえていた。

何千年ものあいだ、さまざまな宙航士が何度もこのロボット文明に気づき、シャット＝アルマロングにおおいに興味を持った。その動機はかれらの外見や宇宙船タイプと同様に多種多様であった。ロボットたちの財宝を狙ったただの宙賊、恒常的に原料不足に悩み、シャット＝アルマロングを宇宙のスーパーマーケットと思った種族、あるいはロボット文明の歴史を知りたい科学者たちなど、さまざまだ。だが、いちばん多くやってきたのは、征服欲のある宙航士たちだった。シャット＝アルマロングの故郷のような国の形態に、磁石のように引きつけられたにちがいない。ここには、有能で安い傭兵の巨大部隊を一度で手に入れるという、比類のない魅力的なチャンスがあるからだ。ロボットに報酬を支払う必要はない。おまけにシャット＝アルマロングは自分自身を修理したり、製造したりできるのだ。

唯一の障害は、このロボットたちに、以後は新主君のいうことにしたがうべきであると納得させなければならないことだった。そして、これこそが克服できない障害であった。

招かれざる客たちがどのような目的をめざしたにせよ、それをシャット＝アルマロングが聞き入れることはなかった。盗賊のどんな策略も成果をあげられず、征服者はほかのところで安い傭兵を探さなければならなくなり、歴史学者はシャット＝アルマロングからまともな言葉ひとつも引きだせなかった。すべては、シャット＝アルマロングを服従させられる唯一の鍵をだれも持っていなかったせいである。

ロボットたちはどの見知らぬ来訪者も、最初は歓迎した。自分たちの主君の外見や、どういった家来を連れてくるのかなど、なにも知らなかったからだ。

シャット＝アルマロングはほかのロボットと違って、学習能力があり、短期間に客たちがどうであるか察知した。来訪者たちの思いつく陰謀や策略を、並はずれて吸収力のある思考メカニズムに記憶する。最終的にはいつも同じ結果で、来訪者は、永遠の従者が待ちつづけている者とはまったく関わりがなかった。大勢の訪問客のだれも〝指令コード〟を使えず、それがなにかも理解していなかった。

ふつうのロボットであれば、招かれざる客にある程度ていねいに別れを告げ、二度と訪れないようほのめかしたであろう。おそらくシャット＝アルマロングも、はるか昔にはそのように配慮して応対したのだ。そうしたことで、おそらくいやな経験をしたのかもしれない。

いずれにしても、シャット＝アルマロングはいつしか、そうした配慮が無意味との結論に達したのだろう。その後も、迷いこんだ者すべてを好奇心を持って出迎えたが、指令コードを持つ待ち焦《こ》がれた主君ではないとわかると、その客を殺害し、乗ってきた宇宙船も同様に容赦なく破壊した。

シャット＝アルマロングの故郷に、墓地と思われる場所がひとつあった。そこには宙航士の亡骸《なきがら》だけでなく、輸送船も捨てられた。永遠の従者たちにとり、この〝廃棄物〟はすべて使い道がなかったので、やがて山のように積みあがった。この山は、群れをなした科学者が何十年にもわたって引っかきまわしても、すべての謎を解くことができないほどの層になっていた。クロングとパルスフの両ファミリーが故郷を去ったとき、すでに巨大ないくつもの山があった。いまもまだシャット＝アルマロングが存在するとすれば……とりわけ宇宙をさまよう両ファミリーは、疑いなく存在すると思っていたが……あの奇妙な廃棄場は時とともに驚くほどの規模に達し、さらなる未知者を引きつけているはずだ。

シャット＝アルマロングがはたすべき基本機能は十種類ほどあり、その用途に応じて異なる十とおりの基本設計がある。長い時間がたち、いつしかこの事実をもとに大分類が形成され、のちに〝ファミリー〟と呼ばれるようになった。この語彙《ごい》を使えるようになったのは、さまざまな来訪者のおかげである。やがて十ファミリーは、ロボットとは思えないやり方で、権力や巨大化をかけてたがいに張り合うようになった。

はじめのころは全ファミリーがたがいに依存し合い、消息を絶った主君が指令コードで割り当てたそれぞれの任務につき、ほかのことはべつのファミリーにまかせていた。だが、じきにいくつかのグループが一族の誇りに相当するようなロボット的意識を持ちはじめ、独立をめざすようになる。たとえば〝子孫〟の生産や、つねに必要となる修理などは、これまで専門のファミリーが請け負っていた。ところが、トローク・ファミリーが将来の任務に必要となるかたちの〝子孫〟を……つまり、星座観測ロボットとはまったく異なる外見の修理ロボットを……製造する一方、独立にこだわるファミリーはもっぱら自分たちと同じ外見のロボットを製造するようになる。天文学に特化したファミリーは、天文学者の外見をそなえながら修理もするロボットをつくったり、あるいはその逆をしたりした。

このようにして、当然ながらファミリーはたがいに外部に対して一線を画することとなった。その後、自分たちの専門分野における異種ロボットをファミリー特有のモデルと置きかえることに専念したため、最終的にシャット＝アルマロングの巨大国家は十の小国に解体された。それでも全員、同じ目標を持っている。違った活動でなにをしていても、自分たちが永遠の従者であること、主君を待ちつづけることを忘れなかった。この認識は、それぞれがファミリーの名声栄誉のためにあらゆる方法で働くことの妨げにはならなかった。

ちょうどこの時点で、ついにはクロングとパルスフの追放にいたる事態がはじまる。クロング・ファミリーはシャット＝アルマロングのかつての保安機関から発展した。当時、数知れぬ来訪者の正体を暴《あば》き、殺害し、結果としてとほうもない廃棄物の山ができたのは、唯一かれらの手によるものであった。クロング・ファミリーにはそのような任務に必要な抜け目なさが装備されていたため、のちに驚くほど傲慢になったのは自明のことだった。

永遠の従者たちのなかで、自立したファミリーをつくるのにクロングがいちばん苦労した。新しいロボットを自分たちの外見に似せて製造するのは問題なかったが、自身とその能力を過大評価していたので、クロングにほかのファミリーの特性をつけくわえて装備するのが苦手だったのだ。ついには、いちばん無力なファミリーとなりかけたが、そこでアイデアがひらめく。つまり、まったく逆にするのだ。ほかのファミリーに属する外見のロボットを製造して、それぞれにクロングの持つ能力を付与した。この〝中身だけ〟クロングのロボットは、気づかれずにほかのファミリーの中枢に侵入して、あらゆる情報を盗みだした。この方法でクロング・ファミリーはたちまち繁栄を迎え、シャット＝アルマロングのなかで、自分たちがいちばん賢く強大なファミリーだと思えるときがきた。

そこで、ほかのファミリーを征服し支配すべきだという論理的結論にいたる。クロングはほかにも同様な考えのファミリーがあるとは知らなかった。つまり、パルスフのことだ。

パルスフはその特性からして、自分たちが望むような権威を持つまでになれなかった。クロングよりもかなり一面的な任務だったからだ。

パルスフの任務は遠い昔から、宇宙空間をつねに探知して、シャット＝アルマロングの主君につながるどのようなちいさな痕跡をも見つけだすことだった。待ち焦がれる主君が従者のところに帰りたいと望んでいても、たとえば見知らぬ種族に捕らえられたり、あれこれの理由で不可能なのかもしれない。その場合、むろん主君を助けに行くのが永遠の従者の義務であろう。

パルスフは想像もできないほど昔から、シグナルと思われるものをすべて探知していたが、同じように長い時間をさかのぼったころから、すこしの成果もあげられていない。そのあいだに……比喩的な意味で……ねじが数本ゆるんでしまった。だが、長期間の挫折感を考えると、耐久力のあるマシンでも当然の結果だろう。引き金となったもののひとつは、クロングがすぐ隣りにいたことだ。隣りのファミリーの影響力がしだいに大きくなっていくのを、ただ傍観するしかなかった。パルスフの発展は停滞している。これはもちろん、パルスフの義務意識が強かったせいである。かれらは自分たちの後継のロボットを大量に製造したが、まずはファミリー本来の任務のために使用し、権威を得ることには専念しなかったのだ。

それでも、パルスフは抜群のアイデアを思いついた。シャット＝アルマロングの主君が指令コードを持ってもどってくれば、パルスフが探知し聞きとる必要はなくなる。そうなれば、自分たちの地位の向上に力を注《そそ》ぐことができる。さらに、主君をはじめから占有すれば、全シャット＝アルマロングのなかでいちばん影響力と権力を持つファミリーとなることは疑いない。とはいえ、主君は明らかに帰還することを考えていないようだ。そうなると、この状況にすこし手をくわえたほうがいいだろう。

指令コードとはなんなのか、全シャット＝アルマロングがはっきりわかっていた。主君の外見はかなり曖昧《あいまい》なイメージしかなくても、指令コードにどれほどの力があるのかはくわしく予測することができた。パルスフにはそれが、ほかのどのファミリーよりも、よくわかっていた。そうでなければ任務をはたすことはできなかったであろう。指令コードの特徴や副次的効果などについて、とくによく理解している。そこで、自分たちとほかのシャット＝アルマロングに、消えた主君をあたえる決意をした。

パルスフは指令コードを発信する構造物を計画しはじめる。これは秘密にした。自分たちはシャット＝アルマロングのためだと信じていたが、ほかの者が誤解するかもしれない。実際、そのとおりだった。自分たちの一部が仲間ではなく、いたるところに気づかれずひそんでいるクロングのスパイであることを、パルスフは知らなかったのだ。

スパイを通じてパルスフの意図を嗅《か》ぎつけたクロングは、その瞬間、あっけにとられた。自分たちがほかのファミリーを征服できるとしても、シャット＝アルマロングを支配できるのは、パルスフが指令コードを持つ主君を見つけるまでだとよくわかっているので、クロングにとってパルスフはいつも目の上のこぶであった。スパイがパルスフの計画を報告したとき、クロングは、その危険が考えていた以上に大きいと察した。

それでもクロングは、主君に仕えたいと願う従順なシャット＝アルマロングである。主君があらわれさえすれば、権力欲を忘れることができる。クロングは疑いもなく好んでそうするはずだ。だが、ほんものの主君にしたがいはしても、よりによってパルスフが構築する模造品などでは不可能だった。

クロングが警告をはなち、すべてが明るみに出た。全ファミリーが憤激し、パルスフをシャット＝アルマロングの故郷から追放する決断がくだされる。パルスフには災難で、クロングにはよろこばしい結果だった。だがそれも、クロングがいったいどのようにして厳重に秘密にされていたパルスフの計画を知ることができたのかという疑問を、シャット＝アルマロングのだれかが持つまでのことであった。この疑問が明らかにされ、クロングにはパルスフの悪巧みに憤慨する理由などないという認識にいたった。パルスフのほうはすくなくとも計画段階で食いとめることができたが、クロングのほうは明らかに許せないほどやりすぎた。ほんものの主君にはいつでもしたがうとクロングはいい、シャット＝アルマロングでの権力をめざしたのはパルスフが計画したような事態を阻止するためだと主張したが、効果はなかった。パルスフが模造主君をつくる計画を考える以前から、すでにクロングのスパイが長期間、全ファミリーの中枢にしのびこんでいたという事実がかんたんに証明されたからだ。

クロングとパルスフの両ファミリーは永遠の従者を脅かす存在だと、シャット＝アルマロングは断定した。シャット＝アルマロングのだれも権力をめざしてはならず、だれもほかの者よりすぐれているとうぬぼれてはならない。全員が巨大組織の歯車として動きつづけなければならないのだ。主君が指令コードとともに帰還するまで、あるいはロボット文明が消滅するまで。

ロボットたちがたがいに破壊し合うことを厳格に禁止したのは、シャット＝アルマロングの発祥をになった謎深い主君の性格をあらわすものかもしれない。だが、来訪者があらわれた場合、永遠の従者がどのように対応すべきかについては、主君は明らかに気にかけなかったようだ。とにかく、シャット＝アルマロングは罪ある両ファミリーを構成部品に分解して、それでなくても満杯の廃棄場に捨てることができなかった。そのかわりに、クロングとパルスフにシャット＝アルマロングの故郷から立ち去ることを強制した。というわけで、両ファミリーは無限の宇宙空間へ飛びだしたのだった。

クロングもパルスフもこの判決に絶望した……ロボットが絶望できるとしてだが。両者とも同胞たちから切りはなされ、たとえ指令コードを持つ主君が帰還したとしても、けっしてそれを知ることもなくなる。つまりは永遠の従者の役割をはたすこともないのだ。その絶望感から、両者ははなれずにいることにした。たがいに親近感をいだくことは絶対になかったが、離別して、同胞との関わりが決定的になくなってしまうことを恐れたからだ。

やがて、たんなる習性でいまもシグナル探知をつづけていたパルスフが、おそらく消息を絶っていた主君につながるシュプールとなるインパルスをとらえる瞬間がきた。

パルスフは文字どおり、電気がはしったように興奮した。のこりの八ファミリーと別れてからはじめて、名誉回復するチャンスに思えた。もし主君がなんらかの理由でもどってこられないとき、すぐに助けに駆けつけられるように、自分たちはずっと昔から任務にはげんできたのではなかったか?

シャット＝アルマロングの故郷までの、とほうもなく遠い距離を考えた。そこでは、この弱いインパルスを絶対にとらえられていないだろう。たとえそれができたとしても、ほかのファミリーが助けに行くまでには、またとほうもなく長い時間がかかる。それに対して、パルスフはほんのわずかなコース変更で遂行できるのだ。

クロングはインパルスをとらえることはできなかったが、その意味はわかっていたから、同様に興奮した。いまだに一部のスパイが気づかれずにパルスフのなかにまじり、クロングにすべての情報を伝えている。

どこかで主君と指令コードが見つかるとしたら、クロングはその場に居合わせたい。むろん主君を助け、服従するためだ。また、パルスフだけがシャット＝アルマロングの共同社会に受け入れられ、クロングのほうは永久に意味もなくひろい宇宙空間をさまようことになるという事態を阻止するためにも。

だが、シュプールは無意味だった。だれがこの奇妙なインパルスを発信したにせよ、シャット＝アルマロングの主君とはまったく関係がなかった。それでもこの出来ごとは、クロングとパルスフにとって重要だった。まったく意味のないわずかなインパルスが、元来の任務をさらにつづけていくべきだという意識を持つ手助けとなったのだ。クロングとパルスフが消息不明の主君を見つけるチャンスは、おそらくほかのファミリーよりも大きい。なぜなら、自分たちはなにもせずに待っている必要はなく、いつでもコース変更ができ、積極的に捜索に行けるからだ。

正しくは、それができるのはパルスフなのだが。クロングはスパイと連携して努力したものの、いまだにすべてのシグナル、インパルス、シュプールをどのように見つけどう解釈するのか、探りだすことはできなかった。結果としてクロングは、パルスフがおちついて仕事できるように気を配り、そのさい、かたときもそばをはなれず、すべての事情を知れるようにした。パルスフは相手の動機などすべて見破っていたが、クロングが近くにいることは両ファミリーにとって、外部からの脅威に対して安全であるので、大目に見ていた。だが、すくなくとも主君と指令コードを見つけたあかつきには、クロングを永久に追いはらいたいと望んでいる。クロングも同様にそう思っていた。両ファミリーとも、名声を独占したいのだ。

そういうわけで、シャット＝アルマロングの両ファミリーは、実用的配慮とロボットの大昔の習性のようなものから、ぴったりとよりそいつつも、憎しみと深い猜疑《さいぎ》心とでたがいにはなれながら、いまなお無限の宇宙空間を飛びつづけている。そして非常に長い時間がたったが、ロボットであるので、忘れることも許すこともなかった。クロングとパルスフを望みどおりの永遠の従者につくりなおせるのは、指令コードを持つ主君だけであろう。

だが、指令コードを持つ主君は沈黙しつづけていた……パルスフがはじめて本当にはっきりしたシグナルをとらえた、記念すべき瞬間までは。

それは、シャット＝アルマロングの主君からの直接命令ではなく……運がよかった、と、パルスフは思った……たんなる合図のようなものだった。だが誤解の余地はなく、パルスフのだれもが、時がきたと覚悟を決めた。

このときまでに、パルスフはもう、いたるところにひそんでいるクロングのスパイをどのようにあつかうかわかっていた。そこで、特定の情報は秘密にしておくようにし、そのかわりにクロングが知ってもかまわない新情報をあたえた。同時に、作戦にとりかかる。もはや時間を失わないことが大切だ。指令コードを持つ主君が充分に近づけば、その命令に違反してクロングを追いはらうことはできなくなるだろう。慎重にことを運ばなければならない。クロング・ファミリーが残念な事故によって犠牲になったとみなされるようにするのだ。何千年も前から練りあげた計画を実行する段階がきた……

2

自分の〝同胞〟からはたいていP＝ゼロと呼ばれているパルスフ＝098は、クロングのスパイだった。パルスフォンの中央セクターにある分岐点で、青みがかった光に出会うと、P＝ゼロはいつも不快な気分になる。かれはロボットにすぎないが、それでも自分に起こることに無関心ではない。ほかのすべてのパルスフ向けスパイ・シリーズと同じで、自己保存本能がよく発達しているからだ。

P＝ゼロは最初に製造されたパルスフ向けスパイと同タイプである。このタイプがクロングのスパイとしてまぎれこんでから、正体を暴かれ破壊されたのはただ一体だけだ。P＝ゼロの前に製造された九十六体は、とほうもなく長い時間が経過するうち、たんに劣化した。時間という強力かつ対抗できない武器には、なにものも太刀打《たちう》ちできない。

そう考えると、P＝ゼロも長年の伝統を守らなければならなかった。パルスフォンにはほかのスパイもいたが、どれも感心されるような一連の成果を出せていない。そのため、パルスフたちがより注意深くなったいまでも、ただP＝ゼロだけは最前線に立ち、敵の中心部まで潜入しているのだ。

P＝ゼロの外見は、もちろん細部にいたるまでほんもののパルスフに見えた。まったくほんもののパルスフのように話し、ふるまう。パルスフォンの住民にはよくある固有名〝ドット〟と、どんな審査でも問題なく通る製造番号で、コンピュータに登録してある。P＝ゼロの先任ロボットもドットという名とその製造番号を使用していた。しかし、機能に欠陥があって修繕が必要とわかり、自分で作動をとめたため、それで新しいドットが製造されたのだ。この新P＝ゼロの最初の任務は、先任のドットをひそかに回収し、再生作業場に引きわたすことだった。

〝ドット〟という名前は、パルスフォンでは特定の機能をも意味する。すべての名前がそうだ。クサールという名を持つパルスフは、製造されてからずっと、再生作業場に引きわたさなければならない使い古したグライダーだけを担当する。それに対して、ニタという固有名の者は自動的に、十体いるファミリー長に属することになる。ドットはつねにニタの使者である。だから自動的にP＝ゼロは、絶対にクロングのスパイではあるまいとパルスフが思いたくなる役割に潜入することができたのだ。一時的に需要が増えたせいでクサール十数体が製造されることはあるかもしれないが、ニタとドットはつねに単数で存在し、破壊された場合のみ後任ロボットが作動する。それゆえ、P＝ゼロにライバルが生じる恐れはなかった。しかし、正体を暴かれる心配はある。このあいだにパルスフは、クロングのスパイを突きとめるさい、かなり賢いやり方で実行するようになっていた。P＝ゼロは、次のように疑っている。パルスフは専門的でないスパイの多くを危険ではないと断定し、あらたにもっと精妙なものが侵入するよりはいいと考え、現実と折り合うことにしたのではないかと。

スパイを暴くのに有効な方法のひとつが、この青い光だ。むろんなにかのエネルギー・フィールドであるが、ドットことP＝ゼロは、それがなにを引き起こすのか突きとめられず、不安である。それがなんであるのかわからないかぎり、自分を守ることはできないので、毎回、正体を暴かれるのではと恐れていた。策略を見破られたら、それは自分の終わりを意味するだけではない。ほかのどのスパイも、二度とドットの役割をはたせなくなるということだ。

P＝ゼロは青い光の前で、パルスフの六本脚を曲げた。クロングの姿になったことはないので、脚で移動することに抵抗はない。青い光のゾーンを通り抜けるとき、指示されているように、軽くスキップをして無数のカーブや折り返しを進んだ。エネルギー・フィールドを過ぎても歩いていった。浮遊したほうが速いだろうが、まさに疑惑を持たれてしまう。中央セクター以外では、ドットは命令に応じてすばやく動くことを許されるが、ここでは脚を利用しなければならない。

P＝ゼロはファミリー会議が開催されている部屋に入った。ふつうはかれに指示をあたえるニタだけがいる部屋だが、驚いたことに、パルスフ・ファミリーの全体会議がおこなわれていた。全員かれと同じ外見だが、すぐに識別できる。ファミリー長十体がはじめて目の前にそろっているのがすぐわかった。ポソ、クレ、ポンには何度も出会ったことがあり、ルウ、グリン、ハク、メクはすこし知っている程度だ。キイルはニタが同席していたとき、P＝ゼロに命令をあたえたことがある。その命令とは、キイルの使者がしかけた罠に、べつのクロングのスパイをおとしいれるというものだった。それをやらなければ、自分がすぐに暴かれてしまうので、P＝ゼロはむろん遂行した。

これらは全員、P＝ゼロの知っている幹部メンバーだ。だが、十体めは、かれをある種の硬直状態にさせた。わからないことはないという天才、アモである。ほぼ完全体に到達したパルスフで、これまでに三体しか製造されていない。

運のいいことに、P＝ゼロがこわばったのが、出席者たちにはまったく当然のように見えたらしい。ドットなどというものは、アモとあたりまえに向かい合うようにはできていないのだから。かれはいつもニタだけに仕えなければならない。ニタはある意味、ファミリー会議メンバーのなかでも、再設計にいちばん時間がかかるのだ。

「きなさい」と、ニタがいった。いや、むろん話したわけではない。シャット＝アルマロングは異種族の前では話すが、自分たちのなかでは相応の通信インパルスを送るのだ。だが結果は同じことである。

ドットことP＝ゼロはニタに敬意を表しながら近づき、すぐ手前で立ちどまる。そのあいだもファミリー会議では熱心に討論がなされていて、P＝ゼロは引きこまれて耳をかたむけた。そこでとほうもないことを聞いたので、すぐさま走り去って〝第一製造者〟に報告したかった。それでもこらえて、ニタに自分と関わる時間ができるまで待った。ニタは一時的に、完全に討論にのめりこんでいるようだったが、突然こういった。

「ドット、われわれのところにたくさんクロングのスパイがいるのを知っているだろう。その多くは正体が判明しているのだが、すくなくとも二体はうまく偽装しつづけていると思われる。この二体、あるいは一体が、中央セクターすぐ近くに潜入したかもしれないのだ」

P＝ゼロには、なにが次にくるか疑う余地はなかった。パルスフに破壊される前に自爆するべきか考える。それによって、運がよければファミリー会議メンバーもまた、全員ばらばらに分解されるかもしれない。ぜんぶが補充されるまで時間がかかるだろう。そのとき、ニタがつづけた。

「ただし、スパイもここまではこないだろう」

P＝ゼロは自分にまだ疑いがかけられていないと気づき、あやうく自爆を引き起こす内部インパルスを出さずにすんだ。同時に、なぜパルスフがそう確信しているのかと自問する。

ニタはその質問を待つかのように沈黙していた。Ｐ＝ゼロは、疑惑をかけられないで、そのような質問をあえてできるかたしかではなかったので、やはり黙り、待っていた。すぐにそれが正しかったとわかる。つまり、ニタの沈黙はまったく違う理由からで、どこからか通信が入ったのだ。

「スパイを分解して内部を観察せよ！」と、ニタは命令し、そのままドットに向かって説明する。「まだ見つかっていなかったスパイのうち、一体はもはや危険ではない」

Ｐ＝ゼロは同情をすこしもせず、クロングの設計者が今回はどのように誤った処置をしたのかと考えた。かれからすると、ほかのスパイはすべて無能なごみの山だ。結局、どれも〝ゼロ・モデル〟ではないのだから。

「クロングはただ思いあがっているのだ」と、ニタがおちついてつづける。「自分たちだけがほんもののシャット＝アルマロングだと思っている。スパイたちを外見だけではなく、われわれパルスフの考え方に合わせることができなかった。クロングは脚を使って動くことができず、浮遊するだけだ。だから、歩くことが原始的だと思っている。とくに出来がいいスパイは明らかに歩けるように製造されているが、同時に、歩くことへのクロングの嫌悪感まで付与されている。こうした失敗作の一体が、実際に障害を乗りこえて中央セクターにまで侵入し、きょうまでわれわれをだましてきたのだ」

ニタは演説を中断した。ちょうどおもしろくなるところだったので、Ｐ＝ゼロは残念に思う。

「本当にホルだったのか？」Ｐ＝ゼロには聞こえなかった通信での質問に対する、ニタの反応だ。こう問い返したことで、ニタも驚いているのがはっきりわかる。Ｐ＝ゼロの驚きははるかに大きかった。ホルは、ホルはパルスフのなかでもとくに専門家で、やはり、つねに一体だけ存在する。ホルは、中央セクターで実施される製造作業の最終検査者だ。これが意味するのは、かんたんにいうと、アモとその先任さえも、機能正常としてパルスフォンでの生活へ送りこまれる前に、ホルかその先任が検査したということ。ホルこそ偽のドットの正体を暴くことが可能な者であり、おそらくＰ＝ゼロにとって唯一の脅威だった。

　この瞬間、ニタは事態がファミリー会議でとりあげるほど重要だと決断したようだ。明らかにＰ＝ゼロもそのメンバーにふくまれる。とにかく交信内容が公開され、全員が聞くことができた。

「ホルかどうか、わたしにはわかりません」と、サルという名のパルスフが説明している。それがコメントにもはっきりとあらわれているように、サルはニタの保安機関に属していた。「しかし、かれはそうだといっています」

　交信からは、不満を述べる一パルスフの声が背景音で聞こえてくる。ホルだと自称するこのパルスフは解体がかなり進行している途中らしく、個々の部品の消失を驚くばかりに感情的に論じている。そしてこの瞬間、ホルは自分の疑念をこう表現した……自分を捕らえた者たちは全員、例外なくすでに錆《さ》びついていて、ふつうの姿のパルスフとクロングを識別できないのだろう、と。同時に、解体係でさえクロングのスパイだと主張した。解体係がホルの金属胴体の通信リングに触ったことを、特徴的なインパルスが伝えてくる。それに強く刺激され、非難の叫びがあがった。

「触るのをやめろ!」と、ふつうのシャット＝アルマロングが発したことのないほどのエネルギーを使って、ホルは命令した。「わたしの脚を返せ。歩けることを見せてやる。わたしは、おまえたち錆びついた機械がゼロから一まで考えるより速く、エネルギー・フィールドをすばやく通り抜けることができるのだぞ。浮遊したのは歩けないからではなく、急いでいたからだ。いまも急いでいる。裏切り者が中央セクターにいるというのに、おまえたちはそれを解体せずにわたしを捕らえるのか。だれが命令したのだ? だれにせよ、いま名をあげよ。さもなければ、恐ろしいことが起こる」

「待て!」ニタが命令する。P＝ゼロはこわばりが足の先までひろがっていくのを感じた。

サルが命令の受領を確認し、ニタは通信を切り替えた。これでホルの主張を、背景音としてではなく、直接に受信できる。

「こちらニタ」と、短いインパルスを送った。「ホル、きみがいいたかった裏切り者はだれだ?」

「ドットです!」ホルが返信する。「かれを破壊しなければなりません。クロングのスパイです!」

「ドットはここにいる」ニタはおちついている。「エネルギー・フィールドを通り抜け、中央セクター内部でもすべての規定にしたがっている。クロングのスパイにはそれができないことを、きみも知っているだろう」

「かれは例外だ!」ホルはいいはる。「ドットは、われわれが出発時点から探してきた相手です。いますぐ破壊しなければ!」

P=ゼロのロボット脳は必死に考えをめぐらしはじめた。なにを要求されるかはかんたんに見当がつくが、どのようなやり方でテストされるか、パルスフたちは教えないだろう。それはいまだはっきりわからない。パルスフにとってはすべて明らかで当然なやり方なので、それについて話すことは絶対になかった。しかし、クロングの脳を持つP=ゼロには、パルスフの弱点を見つけだすのはむずかしい。

ニタとホルが話し合うのがまだ聞こえる。P=ゼロは、脳のどこかにこの会話の言葉ひとつひとつを保存しておく。この瞬間は、なにひとつ意識して記憶してはいないが。

クロングとパルスフのあいだには決定的な違いがひとつある。ある構造段階より上位のパルスフはだれでも、宇宙からとどく多種のシグナルをとらえることができるが、クロングにはできない。そのようなシグナルを流してテストされるならば、P＝ゼロはすぐに自爆装置を作動することになる。しかし、かれにはなぜか、パルスフがそうするとは思えなかった。パルスフたちは、クロングも最近はシグナルを解析できるようになったと想定しているにちがいない。P＝ゼロ自身、パルスフがこのような発想を持つように心がけてきた。パルスフが自分たちにはどんなスパイも近づけないと信じているという情報を得たからだ。ということは、パルスフはこう予想するかもしれない……ファミリー会議に潜入できるほどうまく製造されたクロングなら、ふつうのクロングにはない知識をそなえているだろうと。

ほかにはどんな可能性がある？

P＝ゼロは頭のなかで数秒いくつかの可能性をたどってみるが、どれにも満足いかなかった。意気消沈して、パルスフのファミリー会議もろとも自爆する覚悟を決める。そのとき、なにかが引っかかり、いままでになくはっきりと自分がクロングであることを思いだした。クロングには、理性だけでなく直観があるのだ。指令コードを持つ主君は、クロングが任務遂行できるようにこの能力を付与した。この考えは、P＝ゼロに一瞬、ロボット的多幸感を感じさせた。自分の使命がわかり、満足だった。

また現実にもどると、パルスフになにを要求されるのかという疑問が湧く。しかし、先ほどのわずかな瞬間の認識によって、純粋論理的な思考回路から解放されたようだった。というより、答えを一方向だけにもとめるのが間違いだとわかったのだ。クロングならばまったくできないだろうと想定したことをパルスフが要求すると思いこみ、P＝ゼロ自身、自分には本当にそれができないと自然に考えてしまった。だが、もっとかんたんなことがある。パルスフにとってはかんたんで、クロングにはそうではないことだ。ニタがすでにほのめかしたし、ホルのコメントでも充分だった。

P＝ゼロは、パルスフの脚で歩くことができる。そして突然、あの青い光がどのような機能を持つのかも理解できた。あの光は、シャット＝アルマロングの浮遊を可能にする部分を麻痺させるのだ。

P＝ゼロは、意識の奥底ではすでにこれを知っていた。ほんもののドットを破壊したとき、その記憶バンクから、青いゾーンは歩いてしか通り抜けられないという情報をとりだしたのだ。歩かないと、その場で破壊される。また、とくに要求されないかぎり、中央セクターでの浮遊も禁じられている。P＝ゼロ自身はパルスフの脚を使用することがまったくあたりまえになっていたから、このことを重視していなかった。そのさい、ほかのスパイたちが躊躇《ちゅうちょ》していたのは、いつも気づいていたが。

すべてかんたんな理由だ。クロングはスパイをほかのファミリーへ送りこみはじめたさい、とくに注意深く準備した。スパイが、ロボット脳のほんのわずかな部分だけで自身をクロングだと意識するようにしたのだ。これは、自分たちの能力を確信しているクロングには受け入れがたく、ゼロ・モデルによってほかのファミリーをあざむくのがそれほどむずかしくないとわかってからは、後発のシリーズをもっとクロングに近い……すくなくともクロングと同じように考えることのできるものにした。しかし、P＝ゼロはゼロ・モデル直系の一体である。かれは、外見がパルスフのように見えるだけではなく、非常に重要なほんのわずかの例外をのぞいて、パルスフのように考える。脚を使うことに関しても偏見は持っていない。

「ドット」

インパルスがとどき、P＝ゼロの思考回路は中断された。すばやく記憶バンクを探り、ホルの述べたことをすぐに呼びもどす。同じようにすばやく、自分のことが問題になっていると感じた。

「ホルがどんな疑惑を持っているかは聞いただろう」と、いう言葉を耳にして、P＝ゼロはある種のこわばりにまたとらわれた。話しかけてきたのはニタでなく、アモ自身だった。この瞬間、ほんもののドットであっても奇妙なこわばりにとらわれただろうと、P＝ゼロは感じる。

「なにかいうべきことはあるか？」と、アモがたずねる。

P＝ゼロは混乱する。自分はパルスフであると断言することが期待されているのか？　脚を利用できる証明として、部屋のなかをあちこち踊りまくるとか？　それとも、シグナルをひとつとらえ、それが指令コードを持つ主君からではありえない理由を説明するとか？

そのとき、またもクロングだけが持つと信じる直観に救われる。パルスフにしてもクロングにしても、自分の身元を明らかにする必要などないのだ。シャット＝アルマロングが明らかに一ファミリーに属している場合、そのことを強調するのは、まちがいなくおかしい。なにかの行動で身元を証明しようとするのも変だ。ここにいるのはクロングかパルスフであって、その確認は必要ない。それでも、それを要求したり、証明したりしようとするのは、どこかに欠陥があるか、スパイだからだ。つまり、ホルには明らかに欠陥があるということ。

P＝ゼロは理由を知っていた。クロングのスパイがファミリー会議にまで潜入しないよう、想像できないほど昔から監視してきたモデルがあるのだが、ホルはそのシリーズに属する。かれは自分が失敗したと認めざるをえなかったことで、理性を失い、故障にいたったのだ。P＝ゼロにとっては、満足いく結果だった。もし自分からパルスフであることを証明しようとすれば、すぐにホルと同じ運命となるだろう。

解体されたくないP＝ゼロは、アモ自身が呼びかけたことに動揺させられなかった。ドットとしての役割で重要なのはニタの言葉だけだ。アモに対して畏敬の念を感じたとしても、ニタが命令するか全体警報が鳴るかしなければ、服従することはない。この時点でまだ両方ともなかった。

「ニタ」P＝ゼロはインパルスを送る。「あなたの指示を待ちます」

ニタは異常に長く沈黙した……すくなくとも十分の二秒。P＝ゼロは用心して、ふつうパルスフがしないことは自分もしないと決意する。そのあいだに、サルの部下がホルの通信リングをとりはずし、ホルの声は消えた。ホルのボディの感覚器官が剝《は》がされる残虐なきしみ音を、サルのマイクロフォンが伝えてくる。ニタはまだ沈黙している。最後にサルが切りだす。

「もしかれがスパイならば、完璧です。われわれとの違いをなにも見つけられませんでした」

P＝ゼロはまだ待っている。

「ホルの構成部品はマクにわたせ」ようやくニタがいった。「ホルのどこに問題があったのか見つけだすだろう」

サルとの通信接続が切れ、あたりは深い静寂につつまれる。

「ドット」ニタが話しかけた。「われわれは長い旅に疲れはてた。それはおまえも知っている。いつかは、待ち焦がれた本来の存在に……われわれの主君の奉仕者になりたい。われわれは、もう長い時間、無限の宇宙空間を通り抜けてきた。ときには主君のシュプールを見つけたと信じたが、毎回、間違いだったと認めなければならなかった。探すことにはもう意味がない。けっして主君を見つけることはないだろう。われわれはかつて、主君が本当に帰還するまで生きのびるため、わが種族に新主君をあたえる計画を立てたことがある。当時はそれほど確信していなかったが、今回は違う」

P＝ゼロは黙って待った。パルスフの計画を知っていたが、それについては用心していわなかった。

「これでわがファミリーは完璧になるだろう」ニタは間をおいて、つづける。「長い時間をかけて計画した。すべてのシャット＝アルマロングを支配する主君を製造する。その主君とともにシャット＝アルマロングの故郷にもどり、そこで仕えるのだ」

P＝ゼロは一クロングであり、そのような計画をかんたんにいいとは認められないが、またも奇妙なこわばりにおそわれた。指令コードを持つ主君に仕えることが許される。長い長い捜索の旅が終わる……

それでもかれは沈黙していた。

「クロングはわれわれの主君の完成を阻止するだろう」ニタはつづける。「それがかなわなければ、自分たちだけでシャット＝アルマロングの故郷に帰還するために、主君を奪い、われわれを破壊しようと狙うだろう。ホルが本当にわれわれの探しつづけてきたスパイだったのか、わたしには確信が持てない。しかし、たとえそうであったにせよ、われわれの知らないスパイがすくなくとももう一体、パルスフォンにいるのだ。このスパイがわれわれの意図を知れば、もちろんすぐにクロングヘイムに報告して、じきに戦争になるだろう。クロングに既成事実を突きつけることができればいいのだが。われわれの主君が機能すれば、シャット＝アルマロングのだれも逆らうことはできないからだ。

　未知のスパイがわれわれの内部事情をどのように、またどれくらい傍受できるのかわからないので、あらたな主君に関することはすべて、おまえのような使者を通してのみ連絡する。この目的のため、完全に信頼できるパルスフ十体を選んだ。それらは、スパイ容疑をかけられないだけでなく、クロングに操作されることが不可能なパルスフでなければならない。この十体のうちの一体がおまえだ、ドット。この期間、わたしの個人的勤務からは罷免《ひめん》され、かわりにファミリー会議のメンバー全員にしたがうことになる。おまえの任務はひとえに、知らせを運ぶことだ」

　P＝ゼロは新しい任務を引き受けることを形式的に確認した。この高慢なパルスフがいつの日か、自分がだれを信頼したかわかったとき、どうするだろうと、ひそかに嘲弄する。これほどの欺瞞《ぎまん》に対しては、おそらく天才アモさえ、いくつかの回路が持続的な混乱を起こし、再構築が必要となってしまうだろう。この想像はクロングによろこびをあたえた。だがこのとき、よりによってアモが言葉をかけてきたので、奇妙な気がした。

「第五セクターのジラのところに急いで行け。ジラはおまえに容器をひとつわたし、それを第一作業場に運べというだろう。いずれにしても、そう指示するはずだ。ジラは第一作業場で新主君がつくられるという情報を得ているから。だが、むろんおまえはそこには行かず、再構築センターに行くのだ。そこで容器をウロルにわたして、新主君の目下の状態を報告させ、もどってきてわたしに報告しろ。途中、ふつうではないふるまいをしたり、あるいはなにか理由をつけて近づいてきたりするパルスフには注意するように。クロングのスパイが予想以上に事情を知っていて、おまえからなにか聞きだそうとするかもしれない」

「わたしからはなにも聞きだせません」と、P＝ゼロは断言して、任務を遂行するため、また、第一製造者に情報を流すため、大至急、出発した。ロボットにしては絶好調の気分だった。

P＝ゼロが部屋を去ると、ファミリー会議メンバーの十体は中央セクターの通信網を作動させ、使者が行く道を綿密に追った。P＝ゼロが操縦周波を使ってグライダーで第五セクターまで急ぎ、そのあと再構築センターに飛んでいくあいだも、目をはなさない。ウロルとの会話や、新主君がすでに完成し、あとわずかな精密作業で終了することをP＝ゼロが知ったようすも、興味を持って逐次《ちくじ》追った。

ウロルはアモの使者に対して、非常に信頼しているようだった。多種類のガスで充満したスペースをたんねんに見せ、主君が一時的にかくされていることや、さらによけいなことには、主君が有機体であることも打ち明ける。それゆえシャット＝アルマロングと異なり、真空では存在できないのだと話した。それは危険な欠陥構造だとP＝ゼロが指摘すると、予防処置であるとウロルは説明する。主君がシャット＝アルマロングのもとにけっして帰ってこないとは、結局のところだれもいいきれないので、偽の主君はすばやく消してしまえるものでなくてはいけない。すばやく完璧な方法としては、爆発的減圧以外にないであろう。P＝ゼロもそれには本当に納得した。

その後、P＝ゼロは再構築センターを去った。しかし、アモのもとへ直接もどることはせず、すこしより道をした。反重力グライダーで行ったそこは、クロングヘイムとの交信に理想的な場所だった。数秒くらい滞在しただけだったが、その長さでも五十倍の圧縮通信だとどれだけの情報がおさまるかを考慮すれば、充分な時間である。

「すると、やつはわれわれのいったことを本当に信じたのだ」と、キイル。「もっと疑り深く賢く、われわれの意図を見抜くと思っていた」

「だから、きみは見張りを一体つけたのだな」と、アモが気づく。

「そのほうが賢明だと思えたから」と、キイルが説明する。「もし、かれが疑いを持っていたら、いまごろはもう存在していなかっただろう！」

「かれは疑念を持つことができなかった」と、アモが主張する。「かれは、たしかにクロングの提供する最高モデルで、実際に最高の出来だが、それでもただの偽装クロングにすぎない。自分とその資質をあまりに盲信しすぎて、自分もだまされることがあろうとは想定できないのだ」

「それほど確信していたならば、ホルを犠牲にする必要はなかったではないか」と、再構築担当のポソが口をはさむ。

「ホルはどちらにしても古くなりすぎた」アモが平然と応じる。「いくつかの機能はすでに不充分だ。重要なのは、われわれが偽ドットを納得させたこと。もはや、クロングは長く待たないだろう。新主君が本当に存在するとかれらが決定的に確信するように、ミスのない戦いをしなければならない」

「もどってきたらすぐあのスパイを破壊するべきだ」ニタが要求する。「クロングがこの場に臨席するなど受け入れがたい」

「ちょうどいい時点がきたら破壊しよう」アモの説明はつづく。「しばらくはまだわれわれの役にたつからな」

その直後、P＝ゼロがもどってきた。すぐに一パルスフが目立って追跡してきたことを報告する。クロングのスパイが気づいたのは、もちろんキイルの送った見張りだ。当然のようにファミリー会議の面々は、あわれな見張りロボットを同じく解体させて、悪巧みをつづけた。

3

　第一製造者は槍状の六本脚を出して完全交信の状態で立ちすくんでいた。すべての輸送機や、ある意味では個々のクロングすべてと交信状態にあり、ロボットの表現として適切であるならば、それに〝酔いしれて〟いた。この瞬間、かれはクロングヘイムと一体になっている。かれ自身がクロングヘイムなのだ。宇宙空間を漂流するファミリーを具現する権力であると感じた。ほんもののクロングはおよそ五百万体だが、にせものはその三倍数はいる……その一部は巨大な機械で、多様な機能はあっても、考えること、まして学習することなどできない。それでも、やはりファミリーの一員だ。これらをぜんぶ合わせると、なにかがクロングにとって脅威となりえるなど想像できない。

　第一製造者もときどき、この権力を外でむだにしているという、大胆かつ常道ではない考えをいだくことがある。自分たちは指令コードを持つ主君を探しているが、奇蹟が起こらないかぎり見つけだすことはないだろう。旅の途中、生命ある世界をたくさん発見した。そこでは短命の有機体種族が惑星の表面を這いまわっていた。いくつかは考えることもできず、いくつかは原始的で、反重力グライダーと輸送機で主君探しにやってきたシャット＝アルマロングを神々だと信じたりした。またべつの種族は、空気を充満したカプセルをつくって宇宙に進出したが、たいていはたがいに戦争をしていた。

そのような世界をクロングが征服するのは主君の意志ではないのか、と、第一製造者はときに思うことがある。惑星で這いまわっている生物すべてがいずれ発展を遂げて、のちに宇宙飛行を可能にし、シャット＝アルマロングの故郷を見つけて騒動を引き起こし、やがて消されてしまうことなど、指令コードを持つ主君が望んでいるはずはないのだ。この這いまわる生物のいくつかが、いつか本当にシャット＝アルマロングの脅威となることは、ありえないわけではない。さらに、シャット＝アルマロングの故郷を見つけられないようなほかの種族については、無目的にエネルギーを使うのは無意味だ。這いまわる連中をクロングが絶滅させ、かんたんに全体の手順を短縮してはどうか？

第一製造者にはこの考えが、まったく論理的に思えた。だが、この思考がある点に到達すると、かれのなかのなにかが〝ノー〟という。それは消失した大昔の乏しい記憶のなかの主君の声だとわかり、このノーがくりかえしかれを冷静にさせた。クロングは、自分たちファミリーが襲われないかぎり、未知惑星の住人をほうっておくだろう。

だが、もし主君があらわれて、危険な有機体を抹殺せよと命令すれば……クロングはどれほどみごとに奇襲するだろうか！　おそらく、主君はクロングに、パルスフを破滅せよとも命じるだろう。主君を探す必要がなくなれば、パルスフはついにはよけいな者なのだから。

第一製造者にとって、クロング全員がようやくパルスフに襲いかかっていいと許可されるという想像ほどすばらしいものはなかった。むろん、クロングに対して、パルスフにはほんのわずかのチャンスもない。なぜなら、クロングは戦闘用に設計されたロボットだが、パルスフは違うからだ。クロングには、敵と戦い、だまし討ちにして、破滅させるのに必要な機能がすべてそなえられている。パルスフは、巨大な機器でようやく探知できるような弱い通信インパルスをとらえることはできるが、それだけだ。それでも、パルスフに武器をあたえるとは、いったい主君はなにを考えていたのかと、第一製造者は本気で疑問に思う。だが、それでもなにかの意味がきっとあるにちがいない。主君はすべてを熟考しているからだ。第一製造者は、ときおり邪道な考えをめぐらすことはあっても、それだけは確信している。

しかし、パルスフに関しては、主君もなにかミスをしたにちがいない……

第一製造者は無数の交信を中断した。この数秒、ファミリー内の状況を集中して追跡していない。まだ動かずに立ちすくみ、思いきってパルスフを欠陥構造と公表するかどうか、考えた。さもないと〝末っ子〟と〝小監視者〟が第一製造者を排除し、新しい後継モデルととりかえるかもしれない。

これはむずかしい問題だ。どのクロングもむろん、パルスフを潰滅することを切望している。だが、パルスフなしでは、せいぜい、ありえないほどの偶然でしか主君を見つけだすことができない事実も知っていた。主君が近くにいるとわかった瞬間、自分たちがパルスフに襲いかかるであろうことも、だれもがわかっていた。主君がそれを阻止しないかぎりだが……とにかく、つねにそういわれている。しかし、べつの主張もあった。主君が間違いをおかすこともありえるというのだ。そうした主張は誤解されるかもしれないが。

もちろん、事態をすこし歪曲させることもできる。パルスフがかつて模造品の主君を製造しようとしたことはだれでも知っている。これは、当時すでにパルスフの重大な機能欠陥が明らかだったことを意味するのではないか？

厄介なことに、第一製造者はこれについて考えると、いつも困難にぶつかる。通常は明晰な理性が、その瞬間に支障をきたすのだ。それはかれが邪《よこしま》な考えをいだいたせいではなく、パルスフが主君を裏切ったせいであると、論理的かつ完璧に証明できることはわかっていた。だが、その論理的証明をどうしても組み立てられない。それは自分が優秀なシャット＝アルマロングで、主君の意のままであり、パルスフの異常な思考回路に合わせることが不可能であるからだといいきかせた。毎回これが満足感を呼び、自分が正しいと納得する。だが残念ながら、パルスフが異常であると理由づけることはできなかった。

　ためしにパルスフを一体とらえて、その異常さを白状させてはどうかと思案していたとき、小監視者が大あわてのようすで通信してきた。

「P＝ゼロから情報が入った！」と、第一製造者に伝える。「緊急通知だ」

　第一製造者はあとでつづけようと、すぐに思考を中断した。この瞬間はP＝ゼロの報告のほうが重要だ。

「パルスフが新主君を製造したことをP＝ゼロが見つけた！」小監視者が告げる。

「またか！」と、第一製造者は驚きながら、パズルの一パーツが突然、正しい位置にすべりこんだように感じる。これでわかった……

「それも、有機体の主君だ」小監視者はつづける。

　第一製造者は棍棒でたたかれたように驚く。有機体だと！　這いまわる小生物がすぐ目の前に浮かんだ。パルスフの異常性への疑いをすこしは考えなおそうとしたことも、一瞬のうちに消え去った。

「かれらは誤作動している」と、主張する。「全員すぐに徹底的に破壊すべきだ。パルスフはもう、シャット＝アルマロングだとみなされて指令コードを持つ主君の法を適用するだけの価値はない。新主君をつくったという事実がそれを充分に証明する。ほんものの主君がもう存在しないと確信していなければ、新主君をつくったりはしない。かれらは命令を忘れたのだ。主君を待ち、探しだす心がまえがもうない。われわれがかれらを殲滅《せんめつ》する！」

「悪くない考えだが」と、小監視者が慎重に賛同した。「しかし、早まらないようにすべきだ。新主君をわれわれの支配下におくほうが賢明ではないかね？」

「そうは思わない」と、第一製造者。「もしこの模造主君が指令コードを理解し、意のままにできるとすると……」

「すばらしいではないか？」と、狂喜したような表情で小監視者がいう。「そうなれば、捜索は終了ということだ。われわれはシャット＝アルマロングの故郷に帰還でき、あらたに十ファミリーの集団に入れられるだろう」

「九だ！」いつのまにかあらわれた末っ子が修正した。「パルスフはそのとき、もうそこにはいない」

「そのとおりだ」と、第一製造者が満足する。

「かわりに、さらに無限の宇宙空間を飛び、捜索をつづけているだろう」と、末っ子はつづけた。

小監視者と第一製造者が、理解不能なインパルスをほぼ同時に発信。これは、驚いたときの〝なんだって？〟と、同様な表現だ。

「当然だ」末っ子は断言する。「われわれが主君を奪うのだから。かれらは、戦いなしで手わたさないだろう。だから、われわれが襲うのだ。クロングはずっと優勢だから、小グループひとつが主君獲得にとりくめば充分だろう。ほかのいくつかのグループは、パルスフがすぐに追跡できないようにする」

「中枢部の駆動システムを破壊すればいい」と、小監視者が同意した。「それを徹底的にやれば、かれらがこちらを追跡できるようになるころ、われわれはもうシャット＝アルマロングの故郷にほぼ到着だ」

「こちらのリードはそれほど大きくないだろう」末っ子が淡々と指摘する。「わたしはパルスフを軽蔑しているが、かれらがどんな種類の修復も恐ろしく速くこなすのは、だれもが知っている。窮地の場合は、天才アモでさえ作業に参加するだろう。それでも、かれらよりは先にシャット＝アルマロングの故郷に着くはずだ」

「それで?」第一製造者は疑り深くたずねた。

「われわれは八つのファミリーに新主君を見せる」末っ子はおちついて説明した。「みな、すぐに主君にしたがうだろう。パルスフが優良なものを製造していたらだが」

「有機体だぞ!」第一製造者は懸念を持っている。「パルスフのつくった、しかも有機体である模造主君に、クロングは支配されるべきなのか?」

「もちろんそうではない」末っ子が反撃する。「われわれクロングは、それがほんものではないのを知っているから、主君に関わりなく行動し計画することができるはずだ」

「われわれは指令コードに逆らうことはけっしてできないのだぞ！」第一製造者が反論した。

「それがほんものの指令コードであれば、ということだろう？」末っ子が主張する。

「その主君が指令コードを持っているか、いないかのどちらかだ」第一製造者が答える。

「前者の場合、われわれはしたがわなければならない。後者の場合、われわれは自立状態をたもつことができる。だが、ほかのファミリーも同様だ。ならば、シャット＝アルマロングの故郷に帰る意味がない」

「うまくいくと確信しているのだがね」末っ子は頑固だ。「とにかく、この模造主君であれば。なぜパルスフはそれをつくったのか？　自分たちが完全にしたがうためでは絶対になく、まずわれわれ、そしてファミリー全体にパルスフの影響力をひろげるためだ！　保安上の問題からのみ新主君を有機体にしたと、P＝ゼロは報告している。つまり、かれらはこれからもほんものの主君の帰還を待ちつづけるのだ。あらたにシャット＝アルマロングの故郷と関わりをつくり、そこにとどまるために、新主君が必要だという意味だろう。新主君の指令コードは、パルスフ以外の全ファミリーに適用され、自分たちは充分な行動の自由ができるように装備されているはず。これを、パルスフではなくわれわれが自由に行動できるよう、切り替えさえすればいいわけだ」

「どうやればいいのだ？」小監視者がたずねた。「模造主君をこちらに連れてきて、われわれがその支配下に入ると、切り替え操作などできないぞ」

「まだわたしの話は終わっていない」末っ子がはねつける。「シャット＝アルマロングの故郷に帰るまでに、それにとりかかる時間は充分ある。パルスフにできたことは、われわれにもまたできるだろう」

この論拠には第一製造者でさえ反論できない。唯一、気になるのは、模造主君の特徴だ。せめて有機体でなければよかったのに！　第一製造者には生物に対する嫌悪感があるのだ。有機体の主君を、ほんもののクロングではないが補助手段だとして受け入れられるのか、多大な疑問をいだいていた。

「大ファミリー会議で決断すべきだ」最後に小監視者がいう。「これはわれわれのファミリー全体に関わることだから、クロングはだれでもそれについて意見をいうことができるように」

それに対して両者とも反論はできない。そこで、クロング全員に、全体通信システムのスイッチを入れるよう、インパルスを送った。これで、ファミリー全体の思考メカニズムがたったひとつになる。

そのさい生じた個々の混乱したインパルスが統一された波動になるまで、数秒かかった。文字どおりにいえば、いくつかのはげしい渦がくっきり浮きでている。それは、末っ子が伝えた計画にまったく同意できないクロングたちのインパルスだ。そのとき第一製造者の意見は、模造主君という考え自体が邪道で異常だとはねつける者たちと、パルスフの産物であるから新主君を拒否する者たちの中間だった。奇妙なことに、第一製造者以外はだれも、新主君が有機体であることに不満はなかったようだ。だから、かれ自身の疑念は秘密にしておくことにする。ひょっとするとそれは実際、機能欠陥による疑念かもしれないから。

小監視者の主導のもと、全員が出席しての大ファミリー会議がはじまった。大部分のクロングは末っ子の提案になんの懸念もいだかなかったので、次は、その提案を拒否する者たちの番である。その論点がしめされたあと、それまで賛同していたクロングがいくらか意見を変え、反論の渦のほうが一時的に勝《まさ》った。このクロングの論点が強ければ、渦の勢いも強くなり、主流の地位を引き継ぐことができるであろう。第一製造者はそれを望むばかりだ。

だが、この反抗的な……あるいは理性的な……クロングたちの次は、残念にもまた末っ子とその賛同者の番となる。かれらは、もっといい論拠を持っていたようで、そのあとすぐ反論の渦は明らかに縮小して、ひとつはまったく消滅した。第一製造者はその渦には最初から期待をよせていなかった。この渦を起こしたクロングたちは、パルスフの能力をクロングにとりいれ、自分たちで主君の捜索に行くべきだという意見だったが、ずっと昔からそれは不可能だとだれもが知っていた。

次の段階で、反対勢力は支援者をひろげることができなかった。模造主君にまったく興味をしめさない者たちの一部は、それがパルスフの産物だということだけで拒否する者たちに説得された。一グループだけがさらに強い反対をしめした。それは、チャンスを逃さずとらえる者たちで、いいかげん実際に主君を持ちたいと考えている。模造品を連れてきてその永遠の従者でありたいと、真剣に思っていた……むろん、指令コードをマスターしていることが前提だが。

このグループが認められると想像するだけで、第一製造者は、はげしい悪寒《おかん》に相当するような電気ショックに襲われた。そのグループがさらに賛同を集めるのを見きわめなければならなくなると、かれは有機体の主君に対する個人的な嫌悪感を一時的に抑制して、はっきりと末っ子を支援した。当然ながら、このグループを理性的にしたかったからだ。残念なことに、かれの言葉はほかのクロングにも影響をあたえた。第一製造者は、渦が消滅して滑らかになったことに満足したとき、腹だたしいことに、ほかの問題もすべて円満に解決されていたことに気づいた。自分の敗北を認める以外になかった。

このように決断がなされたのである。

クロングはパルスフを襲い、新主君を誘拐することになった。いったんこの決断をすると、クロングは即刻、計画を実行した。

4

シャット＝アルマロングの全員が、とくに厄介だと感じていることがあった。いつの日か資源不足に苦しむのではないかと想像することだ。かれらは、自然の恵みをむだにするようなことはなかったので、それ自体は特に恐れる必要はない。失われるものはなにもなかったし、どのマシンも寿命となるとすぐに再生施設に引きわたされ、むろん同じく再利用された。

しかし、原材料のなかには再生過程のたびに消滅していき、ついにはまったくなくなるものもある。それまで長い時間がかかるだろうが、いつかそのときはかならず訪れる。そのときのために備蓄が不可欠だ。さらに、シャット＝アルマロングはふつうのロボットではない。かれらは指令コードを持つ主君がのこしたものをたんに再構築しているわけではなく、すべて継続して開発し、それに発明もいくらかくわえてきた。そのときどきで、元来の構想にはない補完物資が必要だったからだ。

かなり長いあいだ、ほかのファミリーの保護なしに存在してきたクロングとパルスフは、とくに新しい未知の補助物をたびたびつくらなければならず、そのために以前はまったく知らなかった材料が必要となる。将来なにが不足するか前もって知りえなかったので、ちょうど目の前にあらわれたもの、役にたちそうだと思われるものを、手当たりしだい集めるようになった。

実際の惑星と関わることがめったになかったので、かれらの奇妙な備蓄はほとんど宇宙の漂流物だ。隕石、破壊された衛星の破片、あるいは小惑星などをまるごと回収し、引き連れていた。ときには宇宙船にも遭遇した。いくつかはそうとう古いもので、ずっと所有者はおらず、その残骸にも塵《ちり》さえのこっていなかった。ほかは新しい時代のもののようで、まだ作動する機器さえ多々あった。それが望ましい物質からできているものであれば、例外なくロボットたちの収集品のなかにとりこまれた。

とくにもとめられたのは、シャット＝アルマロングの高機能な脳をつくるのに必要な、特定の希少金属をふくむ発見物だった。クロングとパルスフは、両ファミリーの境界域にあるそのような物体のひとつをとりこもうと、反重力グライダーを利用してはげしい戦いを展開した。クロングにはとくに価値があると思われても、パルスフにとっては把握手を動かすほどの価値もない物質も、ときにはあった。また、逆の場合も。

クロングはいつも、隣人について例外なくすべてのことを聞き知っておくことを重要視していた。だから、パルスフがある結晶状物質をこのうえなく好むのも知っている。

クロングにはほとんど意味のない、まったくふつうのシリコン化合物だ。もし必要だとしても、ほんのわずかな量なので、考えるのも意味のないことだった。しかし、パルスフがあまりにもこの物質に固執しているので、むろんクロングもいくらか結晶物を集めた。それは、ちょうどクロングが、自分たちもいつの日かパルスフの能力を獲得できるという期待をまだ持っていたころのことだった。当時クロングは、パルスフがいつかこの結晶ほしさに、いくつかの秘密を自分たちに売りたいと思うようになると信じていた。実際そのような事態となったが、クロングは買いとった情報をどうあつかってよいのかわからないことを認めなければならなかった。

そのかわりに、その結晶物が、自分たちにも有益であることを見つけだした。パルスフはこれを、主君の痕跡を見つけだす助けとなる機器の製造に必要としていたのだ。この機器はかなり長持ちし、またほんのすこししか結晶物をふくまないので、パルスフはこの原料に関して不足の心配をしなければならないわけではなかった。それでも心配したのは、シャット＝アルマロングには当然の、かんたんな理由からだ。

つまり、消失した主君を探すことがパルスフの存在の基盤である。かれらの存在の意味は、主君を探知できるということだった。それはその結晶のおかげで可能だったから、努力して大量に備蓄してきたのだ。さらにいっそう先を見て、備蓄が偶然に破壊されるという、ほぼありえない危険を避けるために、この物質をファミリー内にあるすべてのものに入念に配分していた。

クロングはこの事情を見抜いてから、それまでよりもっと熱心に結晶物の出現を見張った。ただし、パルスフォンと反対側の自分たちの領域内で。この物質のちいさな備蓄ができると、それをぜんぶパルスフの方向に放出した。かれらはそれを巧みにやったので、パルスフはこの恵みが突然どこからきたのかけっして気づかなかった。パルスフはそのたびに俊敏に動き、クロングの目の前で結晶物を横取りしようと必死になった。クロングのほうは、敵の掠奪物に価値をあたえる目的で、自分たちも個々の結晶を得るために必死に戦っているようなふりをしただけだ。

クロングが送りこんだ結晶の多くは、外側からそう見えるとおり、明らかに純度の高いものだった。パルスフはこれを時とともにほとんど消費したが、この結晶への渇望が強いため、そのうち純度の低いものも集め、たんねんに蓄積するようになった。クロングがつねに純度の高いものを豊富にそろえる涙ぐましいほどの努力をした理由は、パルスフがけっして不純結晶の使用可能性を検査しないようにするためであった。この策はみごとにうまくいき、パルスフの本拠では、いたるところ純度の低い結晶の集積場ができた。場所によってはすでに何千年も手つかずに置かれていた。

ところが、この粗悪結晶には自然の不純物とともに、狡猾《こうかつ》なクロングがまぎれこませたマイクロマシンが無数にふくまれていたのだ。これらは待機状態にあり、相応のインパルスを受信すると作動して、パルスフォンへのクロングの侵入準備がととのうようになっていた。

　そして、いまこの瞬間、インパルスを受信した。

　マイクロマシンはただちに作動し、機能しはじめる。いくつかは結合してクロングのちいさな特殊脳となり、ほかの装置の機能を監視し操作する役目をはたした。ほかのものは、自分の集積場のエネルギー・フォーム壁をまたたく間に食べつくし、その途中で緊急に必要なありとあらゆる原材料を吸収し、小型怪物マシンに成長した。それはまさにクイックモーションで成長するカボチャのように膨《ふく》らんでいった。ちいさな操作脳は、原材料が充分あると判断すると、収集マシンを呼びもどした。これらが集めた原材料を放出し、小型建設機械に姿を変える。それがたがいに重なり合い、長い手脚がつけられ、固定された。

　このようにして、いろいろなところに基礎的骨組みができた。それにもっとちいさいメカニズムを施し、完成させることになる。このちいさいパーツも、自分たちがなにをすべきかわかっていた。それぞれがある特殊な回路の核になり、収集マシンの集めた金属や合金から新しい配線やスイッチシステムをつけたして、完成させ、すばやく基礎的骨組みのなかの位置に置いた。こうして転送機が完成。これでクロングはパルスフォンを征服するつもりでいるのだ。すでに何千年も前から立てていた計画が実行された。

すべて秘密裡《り》にことは進んでいたので、侵略に対する準備のできていたパルスフでさえ気がつかなかった。マイクロマシンには、当然ながら微小監視メカニズムもある。できあがった転送機がパルスフォン内のどこに位置するか、ロボットのやり方でわかるように配慮し、個々のパルスフがどこかの現場に近づきすぎると、探知した。そのパルスフがある境界を超えると、さらにちいさい専門マシンが機能しはじめる。その任務は、敵ロボットのボディ内に侵入して、いくつかのちいさな修正をもたらすことであった。その後、このちいさな破壊工作マシンはすぐに空中に飛びだし、出発ポジションにもどる。破壊工作をしかけられたパルスフも同様にもどるが、最初とは異なって、あたえられた命令をすっかり忘れ去っていた。

パルスフは……すべてのシャット＝アルマロングがそうだが……信頼性の手本のような存在であったから、とくに厄介で重要な任務の場合しか、その執行をあとで確認することはしないのがつねだった。破壊工作をしかけられたパルスフは、記憶にないものを論じることはできなかったので、クロングの細工は、ほぼまったく気づかれない。すこし異なるいくつかの事態では、パルスフのほうに明らかな欠陥があったため、その内部にクロングの痕跡はまったく認められなかった。

クロングの侵略が……それも、いまかいまかと待っていた侵略が……じきにあるとパルスフが前もって知らなかったとすれば、クロングは敵を完全に驚かし、抵抗なく滅亡させることに、おそらく成功していただろう。

　ところが現実は、パルスフはそれを見破っていた。パルスフォンで起こっていることを、いつもよりももっと注意深く見とどけていたのだ。

　最初の機能障害は、かなり古くなってすでに再構築が予定されていたパルスフに起こった。ふつうであれば、天才アモでさえ、これが疑わしいとは思いつかなかったであろう。だが今回はすばやく反応し、先任が破壊工作をしかけられたその場所に、まったく欠陥のない新しいパルスフをひそかに送りこませた。やがてこのパルスフがまたもどってきたとき、外見に損傷はなかったが、そうとう気がかりな記憶欠如が見られた。これで、この件はすでにはっきりした。

　パルスフはこのロボットを解体したものの、なんの手がかりも得られなかった。この種のクロングの策略は技術的に確認できないと、想定するしかない。これは同時に、それがどのようになされたにせよ、この影響に対抗する方法はないことを意味した。

　そのようななか、アモは、どのパルスフも任務遂行後は毎回それを確認せよという命令を出した。こうして短期間のうちに、意図せずしてクロングの領分に入ったパルスフを、さらに何体か発見。このロボットたちの行動を正確に再現すると、すぐに共通点が見つかった。全員、不純結晶が蓄積されている場所を通っているのだ。

　アモはすぐに、なにも知らないパルスフ数体を実験台として、なにかの理由をつけ、さらなる蓄積場の近くに送らせた。もどってくると、全員にことごとく記憶欠如が見られた。

　これで、なにが待ちかまえているのかがわかった。もしパルスフに感情表現ができたとすれば、不安のあまり震えあがったであろう。なぜなら、不純結晶のある場所は何千と存在し、そのどれもがクロングの攻撃の入口だと想定しなければならないからだ。

　パルスフはP＝ゼロに新主君の情報をすべて獲得させた。P＝ゼロがそれをクロングヘイムに報告し、クロングが主君を盗むことを望んだからだ。だがそのさい、クロングがパルスフ・ファミリーをなかば撃滅することは望んでいなかった。一方、自分たちに都合が悪いというだけで、かんたんにクロングの活動の中心に出かけていってすべてを破壊することもできない。もしこちらが駆動システムや制御センターの近くの出入口をすべて閉めたのがわかれば、クロングは疑いをいだくかもしれない。なぜ、さほど重要でない場所の出入口は閉めないのかと、疑問を持つだろう。そうなるとすぐに、パルスフが罠をしかけたと気づいてしまう。

　アモはまず、パルスフたちにある程度、蓄積場を迂回していくようにさせた。それから、無作為にいくつかの蓄積場を選びだし、驚くほど短い間隔でパルスフをそこに行かせてみた。もちろん、その後は例外なく記憶欠如が見られた。これらの出入口はクロングとつながっており、この橋頭堡《きょうとうほ》でなにが起こっているのか相手はすべて記録していると、アモは想定した。破壊工作があまりに頻繁だと疑われることも、クロングはわかっているだろう。破壊工作者が……ちいさいものにちがいない……パルスフの大群に太刀打ちできないことはたしかだ。だからクロングは、パルスフがこの出入口を発見せず、調査もしないようにと、かなり心がけていたにちがいない。まさにそのとおりになってしまった。

アモはクロングに充分な時間をあたえ、出入口の位置をすくなくとも特定したことを気づかせた。それから、そこにさらなるパルスフを送り、その場所で、一部が破壊された結晶以外に、塵となった物質も少量見つけた。

当然クロングは、パルスフがあわてて出入口をもっと探しまわると期待しているだろうから、疑いが起こらないように、相手の思うとおりにしなければならなかった。パルスフは、どこに不純な結晶物があるのか正確に把握しているので、本当にその気になったら、数秒以内にすべての出入口を確認し、それをうつすことも破壊することもできるのだ。しかし、それをすれば、クロングは新主君を盗むことができなくなる。かといって、それをしなければ、クロングは罠にはまったとわかり、新主君をそのまま現在の場所に置いておくだろう。

アモとほかのファミリー会議メンバーはこの問題についてありとあらゆる局面から考えたが、まともな解決策はなかった。そのとき、結晶の備蓄を専門とするポソが突然、こういいはじめた。

「クロングは、われわれがシャット＝アルマロングの故郷を出発するころから、この侵略の準備をしてきたのだな」

　パルスフはいつも〝出発〟という言葉を使い、真実はそうであってもけっして〝追放〟といわない。

「すくなくとも、直後に計画をはじめたのだ」ポソがつづける。「これまでのデータを見ると、われわれのいちばん古い不純結晶の蓄積場でさえ、クロングの出入口となってしまっている」

　ポソがこう述べたことで、まるで水門が開放されたかのように、突如、全員が混乱して話しだした……というより、発信しはじめた。かれらの発信は共通思考の流れに入りこみ、まさに認識の爆発となった。

「クロングは昔からわれわれのことを、退化して欠陥があると思っている。自分たちがわれわれよりもすぐれていると信じている。クロングは、この計画をあまりに昔に立てたので……」

「……われわれがはじまりのことを思いだすと予想していないのだ。われわれ、充分に結晶を持たない時期があった。蓄積はすくなくなり、代用品を見つけられなかった。そのとき、クロングが取引を持ちかけてきた。われわれはかれらに結晶を供給してもらい、クロングが分析できないとわかっていたデータをわたした。その結晶は……」

「……ほんの一部分だけ使用可能だった。不純な部分もあったため、よりわけたが、その部分も保管した。この時点から、機器の作動に充分な結晶がつねに見つかり、ときには新しい機器を構築できるほど豊富に獲得できるようになった」

「われわれは、新しい機器を製造する計画を立て、必要になると、いつも過剰に結晶を見つけていた。この期間にわれわれが獲得した結晶は、例外なく純正なものだった。不純なものは、たんに機器を維持しなければならない時期に見つけた。この結晶は……」

「……ふつうの状態ではそれほど存在しない。それは計算できたことだ。われわれは旅のはじめのころ、これを充分に獲得できず、定期的に惑星やほかの天体から見つけるよりないだろうと、想定していた。すぐにこの状況は変わったが、それは銀河に近づいたせいだと考えた。これが間違いだった。われわれの最初の計算は正しかったのだ。結晶は希少なもので……」

「……けっして充分に獲得できないはずだ。だが、われわれは最初の計算から可能と思われた量の倍を見つけだした。それは……」

「……クロングが追加してよこしたからだ。宇宙空間に存在する結晶を、こちらに送ってきた……」

「違う。宇宙空間だけではない。それではたりないだろう。かれらは頻繁に反重力グライダーを惑星に送っていた。われわれが惑星を見つけると、いつもかれらが採掘したあとだった。それについては、ほうっておいた……」

「……われわれは戦うためにはつくられていないから。われわれが惑星を採掘する理由はひとつだけある。充分な結晶を備蓄するためだ。しかし、それをする必要はまったくなかった……」

「……クロングがこの原料をわれわれに供給したからだ。われわれが加工した結晶は、ほぼすべてクロングからのものだとみなさなければならない。純正結晶もクロングの手先でしかなかったのか？」

「いや、それについては精密に検査した。クロングの手先は不純な結晶のなかだけにいる。クロングが侵略をはじめたらすぐ、われわれが気づくと、かれらはわかっていたはずだ。それでもこの計画を押し進めてきた。つまり……」

「……成功すると思っているからだ」

「かれらは計画がうまくいくと考え、われわれに欠陥があると信じている」

「いや、逆だ。かれらは、われわれに欠陥があるからこそ、この計画がうまくいくと考えたのだ」

「どこに古い備蓄があるのかわれわれが思いだせないから、充分な出入口をつくれるとかれらは思っている。それは……」

「……われわれ、蓄積場を管理する必要があると考えたことがなかったからだ」

「新しい蓄積場をすべてくまなく探し、そこにある出入口を破壊しよう」

共通思考の流れは目標を見つける。これまでにパルスフ・ファミリーがさらされた、おそらく最大の危機的問題は、こうして解決された。有機生物であればここで、すくなくともほっとひと息つき、短い休憩をしてたがいに敬意を表したであろう。パルスフの場合は、問題の解決にだれがどれだけ貢献したかなどまったくどうでもよく、また、どちらにしても、ひと息つくなどできなかった。そのかわり即刻、蓄積場をその年代順に仕分ける作業をはじめる。かんたんだ。それよりも、クロングの身になって考え、かれらがどの程度までパルスフに欠陥があるとみなしているか調べるほうがずっとむずかしかった。どこに境界を引けばいいのだ？

パルスフは不純結晶をシンプルかつ明らかな原則にしたがって蓄積していた。必要なだけの量、グライダー一機とほぼ同じ重さになるくらいを集める。それはパルスフ一体よりわずかに軽かった。必要量が集まると、ある場所に収容する。それを仮にA点とすると、次のぶんはA点からかなりの距離をおいたB点、三番めのぶんはA点とB点から同じ距離をおいたC点でなければならない……というぐあいにつづく。長い時間の経過とともに、この方法で、パルスフォン全体にまさに網目が張りめぐらされた。クロングがこれらの蓄積場を侵略の理想的出発点と考えたのは、わかりきったことである。満杯になった蓄積場にパルスフが一度も足を踏み入れなかったことを考えると、もっとはっきりする。むろん、純正結晶の不足に悩まされなかったことが前提だが。

パルスフがいかに忘れっぽいとクロングにみなされたか、いま明らかになった。それ以外にはない。そうでなければ、べつの方法をクロングは考えだしたはずだ。しかし、敵はパルスフをどれほど忘れっぽいとみなしたのだろう？

この問いにも論理的回答があると、パルスフは知っていた。というのも、かれらには非論理的回答など、まったく想像できなかったからだ。だが、パルスフが問題をどうひねくりかえしても、かれらの見解ではまともな回答は出なかった。それはむろん、パルスフのほうもクロングに欠陥があるとみなしていたからだ。人間でいうと、自分は正常でほかの人間は狂っているとみなしている者が、他人の今後の行動を予想しようというのと同じ状況におちいっている。人間にはこのようなことは断じて不可能ではない。相手の身になりさえすればいいのだ。充分な感情移入能力があれば、自分が狂ってしまうことなく、狂った相手と同じように考えることができる。だが、パルスフはこの方法が使えなかった。なぜならパルスフは……クロングも同様だが……自立した種族ではなく、その一メンバーだからだ。それも、もう正常ではなくなったという理由で、追放されたメンバーである。

クロングもパルスフも、おちつきをとりもどすまでには、そうとう苦労した。決定的な点となったのは、両者とも相手に欠陥があるとみなすことだった。というのも、そうすれば、相手の行動から多少の正常性につながるべつの証拠を導きだせるチャンスがあるからだ。パルスフがクロングと同じように考えたりすれば、自分たちにも同じ欠陥があると認めることになり、最終的には自己破壊をもたらしたであろう。

結局、パルスフにとり、問題を解決する可能性はひとつだった。かれらはP＝ゼロを呼びよせた。〝偽ドット〟があらわれると、疑いをいだかれる前にすぐ自己破壊機能を停止し、このスパイがどのような警告も発信できない強いエネルギー・フィールドのもとで解体する。終了したときには、クロングについてかなりの情報を得ていた。だが、なかでも注目すべき情報は、クロングが出入口の故障率を九十九パーセントと算出していたことだ。

この知識をもとに、パルスフは歓喜してクロングの出入口を襲った。いくつかの場所でははげしい抵抗にあったので、P＝ゼロが情報をすべて白状しなかったか、それほどくわしくは知らされていなかったかのどちらかだ。しかし、それでパルスフが恐れることはなかった。できるところではどこでも敵を打ち負かし、その後はしばらくのあいだ、静寂につつまれた。嵐の前の静けさだ。

綿密に計画された出入口のほとんどがもう存在しないことを、クロングは明らかに知っている。しかし、パルスフの破壊行動を阻止する試みはしてこなかった。クロングは、パルスフがのこりの出入口を発見できないと信じこみ、敵に安心感をあたえようと、とりあえず沈黙することにしたらしい。とにかくパルスフはそう思った。その判断は正しかったが……正しいのは一部分だけだった。なぜなら、クロングはそのあいだ、かれらの計画すべてを混乱させるものに遭遇していたからだ。

5

「あそこにいるのはただのロボットよ」と、ベリーセは奴隷二名にいった。「もう想像もつかないくらい長いあいだ宇宙をさまよって、主君を探しているロボットたち」

「それなら、あなたに出会えれば感謝するでしょう」と、ルシウスがへりくだってコメントする。

「まったくそのとおり」ベリーセが答える。「でも、いまシャット＝アルマロングの前に姿を見せるつもりはないわ」

「どうしてその名前を知っているのですか？」サイコが好奇心に満ちてたずねた。サイコはいつもルシウスよりすこし出しゃばりで、いつかそれで問題が起こるだろうとルシウスにいわれている。だが、サイコはそんな警告を笑い飛ばした。

「ヴィールス・インペリウムには、このロボットの情報がいくつかあるの」ベリーセが無関心なようすで説明する。「これらの情報は当然、わたしが自由に使える。おまえたち、シャット＝アルマロングのところに出かけ、ようすを見てくるのよ。ヴィールス・

インペリウムはこのロボットについてある程度わかっているけど、データが古すぎるかもしれない。シャット＝アルマロングの主君になる前に、役にたつ者たちなのか知っておかなければ。このロボットたちがいったんわたしを主君だと認めたら、全力をつくして追ってくるでしょう……たとえ宇宙の果てまでであっても。役にたたないがらくたの山に執拗に追われたくはない。行って、シャット＝アルマロングがいったいどんな役にたつのか、ちゃんと見てきなさい」

　このようなはっきりした命令を受け、奴隷二名に疑問点などない。この二名はベリーセに仕えるためにつくられた男女のアンドロイドで、飛行中にベリーセが退屈しないよう、わずかだが感情と自発性が付与されている。

　両者はちいさい搭載機に乗りこんだ。機体にはベリーセがあたえた備蓄と、自分たちがちょうど入る。備蓄というのは、アンドロイドの軽宇宙服のための空気カプセルだ。というのも、ベリーセによると、シャット＝アルマロングはほぼまちがいなく、宇宙船では真空内にいるほうを好むらしいから。空気カプセルは、アンドロイドのからだの右側にあるベルトにさしこまれ、栄養供給システムに直接、連結している。カプセルをひとつ使いはたすと、自動的に二番めが上にずれる。空気の備蓄はぜんぶ合わせて数週間はもつ。からだの左側のベルトにもカプセルがいくつかあって、それには水や食糧がふくまれているが、量はかなりすくない。何度これを利用するかはルシウスとサイコの自由である。かれらのからだは無欲にできていて、そのうえ導入された物質はなにものこらないほどすべて再生されるので、このカプセルをほとんど必要としないだろう。ルシウスとサイコは汗をかくこともない。適切な方法で栄養をとるかぎり、その必要はないからだ。

搭載機は、大部分が透明キャノピーだ。エンジンの上にあって、操縦装置はわずかしかない。瘦《や》せたアンドロイド両者がこの部分を使用するために、必要最小限の空間がのこされている。

ベリーセの小型宇宙船からはなれるとき、またむろんサイコだが、振り返り見まわして、エネルギーを消耗した。

「なにかとくに見るものがあったのか?」と、ルシウスがたずねる。

「いいえ」サイコがつぶやいた。「ほぼいつものとおりよ」

「それなら振り向くのをやめて、仕事をしろ!」

サイコはパートナーをからかうような笑みを浮かべた。ルシウスはそれに腹をたてる。こんどはルシウスが意味のない言葉を発してエネルギーを消耗したのだから、サイコに理があるのだ。サイコが操作するのにコンソールを監視する必要はない。シャット＝アルマロングのところまでずっとうしろを振り返り見ていたとしても、ちいさいミスひとつせず、仕事ができるだろう。

「わたしたちがシャット＝アルマロングのところに着いたら、もうこの船を見られなくなるわ」と、しばらくしていう。

「それになにか意味があるのか？」ルシウスは驚いてたずねた。

「よくわからないけど、もし自分で決められるのなら、知っている環境で存在を終えたいわ」

「われわれがシャット＝アルマロングのところからもどれないと思っているのか？」と、ルシウスがあきれてきく。

「そういうこと」

「ばからしい」ルシウスは怒って反論する。「ベリーセはわれわれをそんな危険にさらしたりはしない。われわれを必要としているのだから」

「なんのために？」

「そうだな……彼女にはそれほど手助けする者がいない」

「ヴィールス・インペリウムがある」と、サイコは冷静に答える。「それに、シャット＝アルマロングも手に入れる。それで充分だわ」

ルシウスは、ベリーセが交信で会話に参加するのをなかば期待していたが、それはなかった。彼女は聞いていないのか、それとも、奴隷たちがどのような推測をしているか、気にもかけないのだろうか？

「きみには構造上の欠陥があるな」しばらくして、ルシウスはいった。「何度もいっただろう。きみは関係ないことを考えすぎる」

サイコは黙った。

シャット＝アルマロングたちにまだ距離をたもって近づいたとき、かれらの機とよく似たちいさい飛行物体が群れをなして向かってきた。それは、逆さまにしたボウルを皿の上に置いたように見える。〝皿〟はシルバーグレイで〝ボウル〟はガラスのように透明だ。どの飛行物体にもシャット＝アルマロングが一体、乗っている。まだ遠距離にあるが、すくなくとも、このロボット種族のメンバーだろうと、アンドロイド二名は考えた。

シャット＝アルマロングはすばやく前進してきて、二名が気づく前に包囲していた。飛行物体の不透明な下の部分から明るいグリーンのビームが出て、網のように絡み合った。

「エンジンを切るぞ」ルシウスはなんの感情もあらわさず、いった。「われわれを曳航《えいこう》するようだ」

そのとおりだった。シャット＝アルマロングは、自分たちがやってきたポジションにコースを向けた。網にかかった魚のように、奴隷たちの搭載機を牽引していく。アンドロイドには、そのあいだもシャット＝アルマロングを観察する機会が充分にあった。

ロボットはシルバーグレイの楕円形のボディで、体高一・五メートル、厚みは半メートルくらいだ。からだの上方に、短い尖った棒のようなアンテナが二本ある。ボディの中央や、あるいはそのすこし上を、ドーム状の突起が輪のようにとりまく。その上には、先端に柔らかい把握器官のついた長さ二メートルのらせん状の腕が二本。両腕のすぐ上には、ちいさい窓のような細い縦長の長方形のスリットが見られ、中央のドーム状突起の下には、いくつか細かい水平方向の線が目立っている。全体を支える槍形の脚六本には節がなく、歩く目的ではないように見える。一番驚くべきものは、ロボットの上端のまわりに浮かんでいるリングだ。つねに色彩を変え、不規則なリズムで赤、青、黄に光っている。

シャット＝アルマロングは、めずらしい獲物をともない、ところどころ紐で縛ったホースのように見える巨大な構造物のほうへ進んでいった。ほかにも同じ形状のものが浮遊している。そのまわりには、ありとあらゆる種類の飛行物体が漂っていた。大小さまざまで、まるい、あるいは四角いものから、抽象彫刻のようなものまである。やがて、さっきの巨大ホースのなかに、アンドロイドの搭載機が入るほどの大きさのエアロックが開いた。ふたたびエアロックが閉まると、ちいさな飛行物体の〝皿〟に載った透明ドームが開いて、シャット＝アルマロングたちが出てきた。槍に似た脚を引っこめ、漂っていく。

サイコは搭載機の制御装置を見た。

「空気がないわ」と、気づく。「重力も最小限よ。なんのためにロボットは閉じた飛行物体が必要なの？」

「わからない」ルシウスがつぶやく。「おそらく製造者の習慣を維持しているだけとか。あそこの三体はわれわれを待っているようだ」

サイコがシャット＝アルマロング三体を見定める。ほかの全員と同じように見えるが、アンドロイドを捕獲した連中は明らかにこの三体に敬意を表して、道をあけている。

「わたしたちにどう対応するのか興味深いわ」と、サイコが考えこむようにいう。ルシウスはすでに透明キャノピーを開けて、

「ひとつだけたしかだ」と、答えた。「われわれを食べたりしないだろう」

サイコは顔をゆがめた。ときおり、このパートナーがわずかな感情さえ持っていなかったらよかったのにと思うことがある。自分をはげますつもりで冗談をいってみたのはわかるが、この種の冗談にまったく興味はない。

「行こう！」と、うながされてサイコは立ちあがり、搭載機を出る。そのとき、自分が製造されなければよかったのにと思った。だが、残念ながら、だれも前もって彼女の意向をきかなかったのだ。

足もとの床面はシルバーグレイの硬い物質だった。重力は、どちらが上か下かをはっ

きり感じる程度の強さだ。サイコはルシウスがシャット＝アルマロング三体に近づくのを見たが、自分はすこしうしろにとどまり、巨大なホールを見まわした。

もちろん主観的印象かもしれないが、大きい中空の球のいちばん低い位置にいるようだ。球全体はこのシルバーグレイの物質からできていて、色のついた個所はいくつかしかない。二百メートルほど上の右側に、中空球体のなかに突きでたドーム状のこぶがあり、ここはくすんだ赤い光に輝いている。もうひとつの個所はこの奇妙なホールの天井近くで、脈動する黄金色の光につつまれた、格子《こうし》構造と配管あるいは束ねたケーブルのような一連の設備があった。サイコが振り向くと、ななめうしろにグリーンに光るゆるやかな傾斜面があり、彼女がアンテナだと思った奇妙な構造物でいっぱいだ。この三色の区域は、シャット＝アルマロングの〝頭〟のまわりに浮かぶリングと関係があるのだろうと推測する。おそらく通信システムだ。サイコはベリーセにこれを送信し、応答を待ったが、ベリーセは沈黙していた。サイコはさらにまわりを見まわす。シャット＝アルマロングとの最初の交渉はルシウスにまかせることにした。ルシウスはロボットのようにほとんど感情がないから、明らかに適している。

中空球体の内部は全面、多種の突起物でおおわれていた。多くの個所にはバルコニーのようなプラットフォームが飛びだしている。どれも粗い目の格子構造で、同じ格子状の橋や渡り板でたがいにつながっていた。しかし、ロボットたちは例外なく浮遊して移動するように見えるのに、なんのためにバルコニー、橋や渡り板が必要なのか？

べつの個所には尖った構造物やゆっくり動く大きならせん状アームが突きでているが、はっきりわかるような目的ははたしていない。巨大な吸盤のように見えるものが、ドームの壁にぴったりとついている。いたるところにケーブルと配管のもつれたものがあり、本当にロボットだけが理解できる迷路のようだ。

このホール全体は、恐ろしく陰鬱に思える。いちおう光る区域があり、そのあいだにどこにでも光る点や大きな投光器があちこちに動くため、暗闇から細部のあれこれが浮かびあがるのだが、この光がかえってホールをいっそう陰鬱にさせていた。むろんこれは内部に、光を拡散し影を明るくできる気体がないせいでもある。だが、それが唯一の説明ではありえないと、サイコは感じた。彼女がようやくルシウスを追って、かれとシャット＝アルマロング三体をつつみこむまぶしい光の円に入ると、それまでなんとなく感じたことがはっきりした。このホールはサイコが想像していた以上に古いということだ。

〝ロボット〟という概念からは、清潔、秩序、無菌状態ということを連想する。それにしたがって、シャット＝アルマロングの宇宙船はどこも鏡のように光り輝いているとサイコは期待していた。だが、まったく違っていた。

サイコが自分のまわりに荒廃の痕跡だけを見たということではない。このホール、あるいは彼女のいる場所が汚いと主張することもできないが、古びた印象がこのあたりはとくに強かった。気がめいるようだった。

ルシウスがいる場所には、すでに数知れぬシャット＝アルマロングが立ったにちがいない。ルシウスの足のまわりに、輪になった刻み目がたくさん形成されている。何千年ものあいだ、槍形の軸足がくりかえし固定されることで、生じたのだろう。そこには、ケーブルや配管の束、あらゆる配線が現存して、空気はまったくないのに、古さで黒くなっている。配線類の修理をしたにちがいない個所もある。シルバーグレイのしみがのこる修繕跡はしだいにかたくなり、かさぶたのようになっていた。サイコはかがんで、比較的新しいかさぶたを指先で触る。新しい滑らかな表面を感じたすぐ横は、荒れてひびわれた層だった。

いま自分がいる周囲のような堆積ができるまで、どのくらいの時間がかかったのだろうか？

彼女はこの疑問に疲れ、ルシウスとシャット＝アルマロング三体にまた注意を向けた。まだなにも見逃していないようだ。何秒か耳を澄まし、それまで話し合っていたことにはさほど意味がないと結論した。

「われわれ、主君の命令でここにきた。彼女はきみたちの主君でもある」と、ルシウスがいうのが聞こえる。「われら共通の女主君が希望することをきみたちが遂行できるか、確認するのがわれわれの任務だ」

荒く吠えるような声がサイコのスピーカーに響きはじめ、驚愕する。シャット・アルマロングの声に違和感があって脅威を感じるのはしかたがない、と、自分にいいきかせた。音声ではなく、答えの内容に集中するようつとめた。

「歓迎の意を表する」と、シャット＝アルマロングがいったが、サイコは、もう何度もくりかえされてきた一文であるという漠然とした印象を持つ。

同時に、未知の感情が芽生えた。ロボットの前に立つルシウスを見て、いままでに経験のない親近感をおぼえたのだ。かれは若い……自分と同様、誕生してまだ数週間しかたっていない。ロボットたちも、本来の意味で古くは見えなかった。ボディは無傷で銀色に輝き、赤・青・黄のビームをはなつリングは光っている。それでもサイコは、このロボットたちが、自分の立っている巨大ホールと同じくらい太古から存在するのはたしかだと感じた。

このロボットたちは、ルシウスのいったことを、もう数えられないほどくりかえし聞いてきたようだ。ルシウスがこれに気づかずとほうにくれていることも、サイコは感じた。同時に、自分はルシウスよりも年上だという感情があらわれた。客観的にまちがっているのはわかる。両者ともまだ数週間しか存在していないのだから。しかし、この数週間、サイコはルシウスよりも感情豊かにすごしてきた。笑うことも泣くこともできたし、多くの経験もした。そんな経験など、新しく見えても太古のロボットたちが体験してきたであろうこととくらべれば、重要ではない。だが、感情ということに関してはすくなくとも自分のほうが、ルシウスよりほんのすこしすぐれている。かれにそれを感じさせようとは思わないが、サイコは、ルシウスが大きな危険にさらされていると予感した。かれを救いだせるのは、自分しかいない。

彼女はパートナーの横に立ち、ルシウスの助けをもとめる目に気づいた。その目つきに心が痛みそうだった。サイコが自分の存在を意識するようになってから、ルシウスはいつもそばにいて、どちらかが助けをもとめるとすれば、実際にはいつも彼女のほうだった。今回はそれが違うということに、まったく満足できないどころか、不安だ。ルシウスよりも多く感情を持つことが、ロボットに対しては利点よりむしろ障害であることはまちがいない。だが、ルシウスを失いそうだということも、自分がそれに耐えられないこともわかっている。だから、サイコは意に反して、もっとロボットに近づいた。

ルシウスや自分と同じようにシャット＝アルマロングも目を持っていればいいのに、と、思った。ベリーセは別格だ。彼女の目は黒い炎のようで、それを見た者はだれもがおぼれてしまう。

サイコは、シャット＝アルマロング三体を見つめた。まんなかに立つものは徹底的にいやな感じだ。三体ともどう見ても同じであるから、どうしてこの印象が起こるのかわからないが。浮いているリングでさえ、同様にぜんぶ黄金色に輝いている。

すこしためらったあと、サイコは自分から見て右側のシャット＝アルマロングに声をかける。

「あなたの名前は？」

「小監視者」と、いままで聞いたのとまったく差のないがらがら声が答える。

「われわれは長旅をしてきたの、小監視者」と、サイコ。「われわれはあなたたちのようなロボットではなく、いろいろ弱点をそなえた有機体よ。どこか休める場所に連れていってほしいわ」

小監視者のリングの色がはげしく変化する。サイコには内容はわからないが、シャット＝アルマロング三体がたがいに話し合っているのだと予測した。

「ついてこい」と、すぐに小監視者が答える。

アンドロイドたちはロボットにしたがった。

6

「どのようにロボットたちと話すべきかわからない」ふたりだけになると、ルシウスがいった。グレイの硬い床にかがみ、意気消沈してぼんやりとあたりを見ている。「なにをいってもかれらは同じことばかり答える。われわれがきたことを歓迎するというのだが、なんの情報もあたえようとしないのだ」

「かれらについて、なにもわからなかったの？」サイコは壁によりかかってパートナーを観察した。

「シャット＝アルマロングのグループがふたつあること以外、なにもわからない。われわれが接したのは、クロングという名のグループだ。もうひとつはパルスフといい、どうやらクロングに嫌われている。われわれがすでに向こうに行ったかどうか、知りたがっていた」

「それだけでもましだわ」と、サイコはいうと、小監視者が割り当てたちいさなスペースをいやいや見まわした。相《あ》いかわらずケーブルの束が、奇妙なグレイの蔓植物のように、シルバーグレイの壁に長く伸びている。すみには、ねじれた金属やプラスティックのごみの小山があった。調度品も、飲料や食糧などの供給装置もない。

「もっといい宿舎がないのかしらね」サイコはつづける。「なにもない床の上で寝ろというのかしら?」

「本当に疲れたのか?」と、ルシウスは驚いている。

「もちろんそんなことないわ。でも、休みたいとクロングにいったの。すくなくとも、あくまでそう見せかけておくべきだと思う」

「どっちにしても、もう疑っているから、これ以上かれらが不信感をいだくこともないだろう」ルシウスは受け流した。この瞬間、ハッチが開いて、クロング一体が浮遊して入ってきた。

「なにかしら?」と、サイコが訊く。

クロングは部屋のまんなかでとまる。頭部のまわりのリングが何度か色彩を変えた。するとハッチが閉じ、クロングは床におりて、軸足が出てきた。

「きみたちと話がしたい」ががら声でクロングがいう。

「あなたはだれ?」

「小監視者だ。よく聞いてわたしの質問に答えてもらいたい。きみたちの主君はわれわれの主君でもあるといったな。彼女は指令コードをマスターしているのか?」

サイコはたずねるようにルシウスを見たが、パートナーは、会話をつづけるよう短いしぐさで指示しただけだった。

「もちろんマスターしているわ」サイコはそう主張した。ベリーセはほぼすべてのことを知っているのだから。

「それでは、彼女はなぜ自身でここにこなかったのか？」

「ここがすべてうまくいっているか、われわれが調べるよう指示されたの。主君が従者にあたえる任務があるのだけど、その前に、あなたたちがそれをできるか確信したいと」

「どんな任務だ？」

「わからない。それについては聞いていないから」

「どうして？」

「われわれがたんに下僕だからよ。主君はおそらく、われわれが知る必要はないと思ったのでしょう」

「どのような任務を遂行すべきか知らないのなら、われわれがそれをできるかどうか、どうやって評価するのか？」

「なにかを評価するのはわれわれの仕事ではないわ」と、サイコは説明する。「われわれは観察して、見たこと聞いたことを主君に報告するだけ」

「つまり、きみたちは主君と連絡をとっているのか？」

「ええ」

「通信で？」

「そうよ」

「その会話をとらえたが、きみたちはひとつの応答も受信していない。だからわれわれの一部は、きみたちが嘘をついたと思っている。きみたちに命令をくだしたという主君など存在せず、われわれから掠奪するためにきたのだと」

サイコは助けをもとめる目つきでパートナーを見る。

「それは理にかなっていない」と、ルシウスはいう。「われわれ二名だけでは、掠奪などできない。きみたちにすぐ殺されてしまうだろう。また、こっちの搭載機はちいさすぎて、盗品を輸送することなど無理だ。それに、われわれは武器さえ持っていないし、なによりも、アンドロイドすなわち人工物なのだ。非常にせまい範囲でしか、自分では決定できない」

「最初の三点だけは論理的だ」小監視者がいいかえす。「だが、最後の点はわれわれが検証できないただの主張だ」

「しかし、われわれがやってきた宇宙船を探知するのは、かならずできるはずだ。そこで主君が報告を待っている」

「宇宙船は探知した」と、小監視者が認める。「だが、きみたちの主君は探知できなかった」

「それなら、そこに飛行して見てくればいいだろう」

「いや、罠かもしれない」

「だったら、なにをすればきみたちを納得させられるのか、もうわからない」

「主君に通信で返答させるようにできるだろう」

「それが必要だとみなせば、主君はわれわれに連絡してくる」

「われわれがきみたちを殺害する危険があれば、彼女も返答が必要だと思うはずだ」

すべて聞いているはずのベリーセが沈黙を破って、このロボットたちが大間違いしていることをはっきりさせてほしいと、サイコは願った。だが、ベリーセはまだ沈黙をつづけている。

「主君にとってわれわれはそれほど重要ではないのだ」ルシウスはクロングに説明する。「彼女は、いつでも新しい下僕を調達することができるのだから」

小監視者は長いあいだ黙り、それをサイコは眺めていた。不安をかくすようにつとめたが、本当に自分たち二名はベリーセにとって重要ではないのか、短い交信インパルスを送ることで奴隷を助けようともしないのかと、絶望して疑った。彼女にリスクはないはずだが。それとも、あるのか？

サイコは突然、小監視者があげた最初の疑問を思いだした。ベリーセが指令コードをマスターしているのかという質問だ。指令コードがなにかは知らないが、ロボットたちには深い意味があるのだろう。

沈黙はいまだつづき、彼女は不安でいっぱいだった。小監視者がほかのクロングと話し合い、この瞬間、自分とルシウスの生存を左右する決断がおりたという感じをいだいた。だが、不安による空想の飛躍かもしれない。

「先ほど指令コードについて訊かれたけど」サイコは小監視者に話しかける。「それは、われわれの主君に仕えることをあなたたちに強要するなにかかしら？」

ロボットは聞く耳を持たないのでは、と考えて、サイコは一瞬、背筋が凍った。だが、すぐにがらがら声が受信機に入ってくる。

「そのとおり！」と、小監視者。

「どちらにしても、主君が沈黙しつづける理由は論理的に説明できるわ……とくに、あなたたちがわれわれを殺害した場合には。主君はこういっていた……一度あなたたちが彼女を主君と認めたなら、すべてをかけて追ってくるだろうと。これは正しいということね？」

「指令コードをマスターしているのならば、われわれは、主君の行くところどこにでもついていく」

「あなたたちがまともであるとわからないかぎり、主君はそうしてほしくないのよ。彼女には遂行しなければならない大きな任務がある。あなたたちに欠陥があると、主君を支えるどころかじゃまをすることになるわ。それでわれわれが視察者として送りこまれた。われわれを殺害すれば、あなたたちは役にたたないと主君は結論し、ほかの従者を探そうとするでしょう」

ふたたび小監視者はしばらく沈黙する。

「その論拠を認めよう」と、ようやく表明する。「われわれにはもちろん欠陥などないから、きみたちが短期間クロングヘイムに滞在することを承認する」

「視察団としての任務をできるかぎり早く完了するよう努力するわ」と、サイコはほっとして断言した。

小監視者は軸足をしまい入れ、ハッチが開くと、浮遊して出ていった。今回、ハッチは開いたままだ。それではじめてサイコは、休憩室と思っていたこの部屋がじつは監獄であったことに気がついた。ここで自分たちは存在を終えていたかもしれない。

ほっとしてルシウスの横の床にすわりこんだ。

「ベリーセはほんのちょっとでも反応できたでしょうに！」

「それでよかったのだ」ルシウスがそっけなく返事する。「反応すれば、きみの論拠が崩れていたかもしれない。さ、クロングのようすを徹底的に見てこよう。急いでやるほど早く終了する」

サイコは驚いて横からパートナーを見た。ルシウスの声に、彼女が予想もしていなかった感情が、かなりこもっているように思えたからだ。かれはその視線に気づいて、ほほえもうとした。

「わたしにも構造上の欠陥があるかもしれない」と、かれはつぶやいた。「なぜって、自分の命の心配をしたのだから」

かれが〝自分の命〟といったのははじめてのことだ。それまではつねに〝存在〟といっていた。

かれらはちいさな部屋を出て、クロングとその作業場を見てまわり、ベリーセにすぐに報告するという作業をくりかえした。ベリーセは相いかわらず沈黙している。

三日めにルシウスがいった。

「もう充分に見たと思う。クロングについて、いまだにほとんどわからないが、ここに長くとどまってもさらになにかわかるとは思えない。かれらは疑り深いし、慎重だ。対話することもほとんどかなわない。答えることといえば、自分たちに欠陥がないという確証になることばかりだ。もうここを去って、パルスフのほうにとりかかろう」

しばらく待ったが、ベリーセは沈黙のままだ。この沈黙が同意のサインかどうか、奴隷たちはわからなかったが、そう思うことに決めた。

かれらは巨大球体ホールにもどり、搭載機に乗った。クロングは一体も別れを告げにこなかった。

7

クロングにとって事態はかなり面倒になっていた。無限ともいえる長いあいだ、主君を得る見込みは一度としてなかったが、いま同時にふたつの選択肢が生まれたのである。パルスフがつくる模造君主と、二名の有機体が話していた主君候補だ。

本当のところ、クロングは、侵入者をすぐに殺害するつもりでいた。両者が指令コードをマスターしていないことは、到着したときから明らかだった。ところが、怪しげな女主君に関する話のせいで、はじめからこの来客と深く関わることとなったのである。サイコの論拠は結局、ロボットの痛いところを突いていた。

いままで不可視のその主君が本当に指令コードをマスターしており、両者が実際その使者ならば、殺してしまうのは絶対に危険である。クロングは自分たちに欠陥がないことを、後方で沈黙する主君に納得させようと、あらゆることをした。それでも、この主君は指令コードを熟知していると主張しているが、実際はできない可能性があることを、忘れてはいなかった。

危険を冒すことはなにもしたくない。選択肢がふたつあれば、すくなくともそのうちひとつは得られる。早晩、この主君とともにシャット＝アルマロングの故郷にもどることができるだろう。

クロングは、本来の計画を一秒たりとも放棄することはなかった。パルスフォンを侵略すべき時期がきたのだから、この有利な機会を逃すまいと断固、決意していた。しかし、主君候補の視察者がそこに滞在しているあいだは当然、実行しない。

この両者の訪問でパルスフがよろこぶのを待つのがいいだろう。ルシウスとサイコはパルスフォンでこそ、クロングのために倍は役だつ。本当にその主君が指令コードを熟知しているのならば、すべての視察が終了後、欠陥があるのはクロングではなくパルスフだとみなすだろうから。

クロングはちいさな搭載機がパルスフォンに到着するまで根気よく待った。パルスフが着陸段階で小型機を乗員もろとも破壊する可能性も、わずかだがあると想定する。むろん、そのほうがクロングにとって好ましい。だが、クロングヘイムの方向からきた飛行物体ではあっても操縦するのはクロングではないと、パルスフは早めに気がついたようだ。

クロングたちはP＝ゼロの知らせを待っていたが、こなかった。P＝ゼロはファミリー会議の要員だから、あえてクロングヘイムに連絡をとることができない時間もあるので、それほど意味はない。P＝ゼロのかわりにようやく、べつのスパイが伝えてきた。パルスフは細心の注意をはらって両有機体を出迎えたものの、疑いを持っているようだという。それはいい。いずれにしても、パルスフが主君候補のむだ話にすぐにだまされて、みずからを永遠の従者だとしめすより、そのほうが好都合だ。

もうすこし待つべきだと第一製造者が決断する。その理由は、主君候補が前もってパルスフ・ファミリーの状態についてはっきりしたイメージを持つことができれば自分たちの利になる、というのがひとつ。もうひとつは、もっと時間がたつと、侵略に直面したときのパルスフの驚きが大きくなるだろうからだ。

ところで、第一製造者自身が侵略に参加するというのをやめさせるには、かなり努力が必要だった。両有機体がクロングヘイムに滞在したとき、かれはもうすでに、エレクトロン性神経衰弱の寸前にきていた。事態に決着をつけるためにも、パルスフォンにぜひ行きたいと思っていた。ずっと以前にしなければならなかったことだから。

だが、第一製造者はすでにロボットの最盛期を過ぎ、交換する時期がきている。これを末っ子が遠慮なく示唆《しさ》したとき、第一製造者はあきらめた。侵略はかれなしでおこなわれるだろう。だが、この出来ごと以来、かれの有機物すべてに対する憎しみは、とほうもなく大きくなっていた。

はじめ、パルスフたちはサイコとルシウスに対して非常に自制的であった。というより、パルスフでないすべての者にとっては、そのように見えたということにちがいない。パルスフォンではベリーセの奴隷たちを、もしかするとクロングヘイムよりも冷淡に受け入れた。向こうでは高位のクロング三体がすぐに来訪者と向き合ったが、パルスフではファミリー会議メンバーのだれも姿を見せなかった。そのかわり、両者はただちに、かなり抽象的外観の輸送機に乗せられた。

＊

ルシウスとサイコはこのファースト・コンタクトで、クロングとパルスフの最初の比較ができた。

パルスフはクロングと違って、卵形ではなく球形である。直径一・二メートルの胴体の上半分に隆起物が十個、その下にクロングと同じような腕が二本あり、腕のあいだにはクロングにもあったのと同じ横線がはっきり見える。からだ全体を支える細く弾力性のある脚六本は、それぞれ関節で三つの脚部分と足ひとつに区分される。クロングのように浮遊したいと思わないかぎり、パルスフはこの脚でほとんどどの方向にも移動できる。パルスフのまわりにも、つねに色彩を変えるリングが浮かんでいた。ただし、こちらのほうが大きく、胴体の中央より下にある。さらに、パルスフのボディはくすんだ褐色で、宇宙船もほかの装備も同じ色である。

アンドロイド二名を乗せた輸送機にパルスフ一体が同乗し、そのリングが光ると、機は動きだした。アンドロイドがバランスをたもてないほどの速度と向こう見ずな操縦で、ほかの宇宙船の群れのあいだを飛び抜ける。

当然のことながら、この輸送機にはシートと呼べるものも、ましてハーネスのようなものもなかった。ロボットにそのような類《たぐ》いは必要ないからだ。そこで、ルシウスとサイコは、明らかに目的の違うものにつかまらなければならなかった。しかし、なにより恐ろしいのは、パルスフの操縦士がどこに向かっているか確認できるような機器が、このおかしな輸送機にはないことだ。操縦士が立つその場所には窓もスクリーンもなく、奴隷たちが乗りこんだハッチが大きく開いたままになっている。気をつけなければ、飛行中に落下してしまう。

「狂っている！」サイコは小声でいうと、開放されたハッチから外を見た。さまざまな大きさの宇宙船が飛びかっているが、あまりにも高速で、幻のような印象しか得られない。

「興奮するな」と、ルシウスは助言して、サイコより早く体勢をたてなおした。「かれらはロボットにすぎない。クロングのところで見つけたシステムを思いだせ。かれらはそれを〝誘導装置〟と呼び、いつも盲信してまかせていたが、それでも最速で損傷なく目標に到達した」

「わかっているわ」サイコは不愉快そうにつぶやく。「でも、すくなくともハッチを閉めるくらいできるでしょうに」

「なんのために？　かれは真空でもなんともないのだから」

サイコはあきらめた。宇宙船の操縦にまったく関与していないパルスフと、開いたままのハッチを、かわるがわる観察する。そしてようやく、見える光景がしだいにおちついて、飛行がゆっくりになったのに気がついた。機はすぐに、ほぼ相対的に静止した。揺れ動き、じつに慎重に、なにかのなかに滑り入った。巨大飛行物体のエアロックかもしれない。

「次はどうなるの？」と、サイコはルシウスにたずねる。

かれが答える間もなく、パルスフが長い脚ですばやく駆けより、把握手で両アンドロイドの肩をつかみ、輸送機から押しだした。

「操縦周波に合わせて動け！」と、クロングヘイムに滞在中に奴隷たちにはすっかりなじみとなった、がらがら声で荒々しく命令した。

「誘導システムのことをいっているのだろう」と、ルシウスが推測して、ロボットに向かい説明する。「われわれにそれはできない。シャット＝アルマロングではないから」

一瞬、パルスフはリングを光らせ、把握手でアンドロイドの肩をかたくつかむと、前に押し進めた。そのさい、まるで配慮なしに進むので、ルシウスやサイコのように強靭《きょうじん》でない者は無数の挫傷や打撲傷をこうむっただろう。それでもパルスフは何歩か進んだあと、この者たちが自分にまったく歩調を合わせられないことに気がつき、はじめの速度をゆるめた。

「このロボット、わたしたちのことをどう思っているのかしら」短い休憩になると、サイコがかなり嘆きながらいった。「クロングはすくなくとも最初は歓迎してくれた。わたしたち、ここでは望まれていないようね」

ルシウスはこれにどう応えていいかわからなかった。パルスフもなにかを説明する必要などないと考えたらしく、すぐにまた、自分の捕虜を前に押し進めた。

数分かけて、大きさもさまざまな未知の機械類でいっぱいのホールを通っていく。そこはあまりにも巨大で、アンドロイドたちはその大きさを推測することはできず、またそうする時間もなかった。やがて、通廊が入り組んだ場所にたどりつく。そこは、パルスフの揺らめくリングの光で進路がなんとかわかるほどの暗闇だった。ようやく、かれらは青く光る防御バリアの前に立つ。

パルスフは二名をきつくつかみ、リングを明滅させた。数秒後、青いエネルギー・フィールドは消え、ルシウスとサイコは、ふたたび光のない通廊とホールの混乱のなかを追いたてられ、最後にはハッチをひとつ通り抜け、大きなホールにたどりついた。ホール中央でパルスフ十体が待っているようだ。案内役のパルスフはアンドロイドたちをこの十体のところまで連れていき、不意に手をはなして消え去った。ハッチが閉まる。サイコは憂鬱な気持ちで、このホールから出ていくことができるのだろうかと考えた。だが、次の瞬間、パルスフの一体が話しはじめ、サイコは懸念を忘れた。

「もうクロングヘイムに行ったか？」

「行った」ルシウスが答える。

「かれらは、きみたちのことを信用したか？」

「それはわからない。あなたはだれだ？」

「アモという。われわれはパルスフォンのファミリー会議メンバーだ。きみたちは、指令コードを持つ主君の使節だと主張したそうだな。そうであるなら、どうしてわれらの主君はみずからここにこないのか？」

情報を得るために自分たちが先に派遣されたと、再度ルシウスとサイコが根気よく説明する。不思議なことに、パルスフはこれに疑いを持たなかったようだ。

「きみたちの女主君は、われわれに欠陥がないと確信したら、連絡してくるのだな？」

アモはそう確認するだけだった。

「きっとそうだと、われわれも思うのだが」ルシウスは慎重に制限をつけた。ベリーセが次の瞬間にも奴隷に話しかけるかどうか、わからないので。「われわれはただの下僕だから、よくわからない」

アモと、それまで黙っていたのこりのファミリー会議メンバーは、それで満足したらしい。パルスフとクロングはこれまでにわかったよりも密接につながっていると、ルシウスは思った。ベリーセを脅迫しようとしてもむだだと、知っているのだ。そのとき、アモが前触れなくいう。

「われわれ、じきに主君が見つかるだろうと知っていた。しかし、主君がこれほど早く使者を送ってくるとは予想していなかった。きみたちは、なにか命令を持ってきたのか？」

「いや」ルシウスが答える。

パルスフのリングがあわただしく揺らめいた。まちがいなくロボットたちは活発に討論している。そのあいだ、サイコは周辺の印象を見定めようとするが、このホールはクロングヘイムとまったく同じで、技術と完全なる実用性の原則で形成されているのに気づいた。生物が生きていたと示唆するものはどこにもない。空気がないことに相応して全体的明るさもなく、多少の光点と、その光が当たる場所がくっきり見えるだけだ。スクリーンも、その前にシートをそなえたコンソールもない。奇妙なかたちの機器とケーブルや配管の束がもつれて混乱していた。ここもまた、すべてが想像できないほど古い感じだ。この印象はパルスフォンのほうがクロングヘイムより強い。これは、クロングの基礎色が比較的やさしいシルバーグレイであるのに対し、パルスフはくすんだ褐色であるせいかもしれない。

「われわれの全情報を集めてきみたちの主君に伝えるよう、協力しよう」と、アモがすぐにいった。「まだきみたちの主君とわれわれの主君が同一であるのか、まったくたしかではないが、主君でなければこうした情報は役にたたない。指令コードをマスターし理解している主君であれば、われわれは仕える。きみたちの主君はじきに、われわれパルスフにはクロングと違って欠陥がないことを見抜くだろう。彼女が指令コードを使用できないとわかれば、われわれはきみたちを侵入者としてあつかい、殺害する。それまでは、きみたちはわれわれのお客だ。空気を満たした宿泊所と食糧は必要か？　われわれの測定によれば、きみたちのからだは種類の異なる気体やほかの物質を消費するようだが」

「われわれはこの宇宙服で長期間、存在する……生きることができる」ルシウスがおちついていう。「しかし、ときおり休憩が必要だ。クロングはわれわれに適した宿泊所を提供することができなかった。だから、適切なスペースを用意してもらえれば助かるのだが」

「そのような準備はもうできている」アモが説明する。「ただし、つねに監視されることは受け入れてもらいたい。これはわれわれの保安のために不可欠だし、きみたちを守るためでもある。クロングがここの侵略をくわだてているのだ。かれらが築いた出入口は破壊したが、近いうちにあらたに試みるかもしれない。われらの主君の使者がそのようなくわだてで被害を受けるような危険を冒すことはできない」

使者といっても、ベリーセがその不吉な指令コードを知らないとわかったら、ためらいなく殺害されるのだ……サイコはそう重苦しい気持ちで考えたが、これを口にしなかった。パルスフはロボットだから、実用的に思考し、感情を知らない。パルスフとクロングにくらべると、サイコとルシウスはことのほか情緒豊かな被造物といえる。

「パルスフ一体がきみたちを宿泊所に案内する」奴隷たちがなにも異議を申したてなかったので、アモは立ち去ろうとした。

サイコは勇気を奮い起こす。

「ここまできた道は、わたしたちには、かなり不快なものだったわ」と、説明する。

「どんな点で?」アモはなんの感情の動きも見せず、訊いた。

「宇宙船が密接して群がっているところを、あれほどの速度で飛んでいくことには慣れていないの」サイコは気丈に話す。「ゆっくり飛んで目標を目でたしかめることができるほうがいい。すべての面がふさがれた宇宙船でもどりたいわ」

「きみたちの要求が配慮されるようにしよう」アモは、そのように些細《ささい》なことはまったく理解しなかったが、請け合った。

かれは約束を守った。ルシウスとサイコは明らかに配慮されて、長い全航程をもどることができた。乗った飛行物体には透明キャノピーがあり、ハッチはすぐに閉まった。飛行速度も、パルスフのファミリー会議メンバーのところまで輸送されたときの半分くらいしかない。

かれらの目的地は、ダイヤモンドのかたちの巨大飛行物体だった……ダイヤモンドといっても、どのカット面も輝いたり光ったりせず、例のとおりくすんだ褐色だが。カット面のひとつに台形のエアロックが開いて、その向こうにはほぼ光がなく居心地の悪そうなパルスフの世界がある。そう思っていたから、エアロックの後方に空気、光、暖かさの充満した通廊やホールがひろがったとき、サイコとルシウスはいっそう驚いた。さまざまな通廊の奥には、異質な実験室のようないくつかのスペースが見つかった。そのひとつに、大きい半透明の箱が置いてあった。なかで、影のようにしかわからないなにかが動いている。

「あれはなに？」案内人とされたパルスフにサイコがたずねる。

パルスフは一瞬、リングを明滅させた。

「実験だ」荒く吠えるように説明する。「主君にたどりつくシュプールを保持するらしい生物を見つけたのだ。さらなる手がかりを得られると期待して飼育した。だが、見たところこの実験は失敗のようだ。おそらくこの生物は処分されるだろう」

サイコは箱をまた一瞥《いちべつ》した。底で動いたものは奇妙にもかたちがないが、それでも有機体だった。その光景にうしろめたさを感じ、急いでルシウスとパルスフを追った。

すこしあと、目の前でハッチが開いた。

「ここできみたちは休憩できる」と、パルスフが知らせる。「このハッチはきみたちの音声命令に反応する。この部屋にはさまざまな装置があり、突きとめることのできた範囲できみたちの欲求にあうよう、プログラミングしてある。さらに、不都合が起きないよう、装置はきみたちを調べることができる。わたしはここにとどまるので、いつでも用があったらいってもらいたい」

これで、このパルスフが、アモがすでにいった監視機関に属していることははっきりした。しかし、ベリーセという名前でしか知られていない者の奴隷である二名は、問題なくそれに甘んじた。

アンドロイドはハッチに閉まれと命令する。パルスフたちがそのますますべてを観察し、聞きとっていることはわかったが、気にならない。なにもかくすことはなかったからだ……すくなくとも、意識的には。自分たちの任務達成にどのくらい時間がかかるかわからないことを考慮して、備蓄は節約することにした。宇宙服を脱ぎ、パルスフの供給する空気を吸って、用意されたほぼ味のない食糧と水分を摂取する。満腹感があれば充分だ。美食的欲求は知らない。いままでひとつだけたりなかったのは、筋肉に休息と弛《し》緩《かん》をあたえる機会だ。アンドロイドのからだにぴったりの快適な寝台をあたえられ、二名はパルスフに感謝した。

8

この事態はクロングには厄介で、パルスフには慎重さを要するものだった。クロングが二種類の主君をどちらか選ばなければならないと信じる一方、パルスフはほんものの主君が近くにいると確信していた。来訪者二名の主君と自分たちの主君が同一であるか、かれらにはわからなかったが、それはさほど重要なことではない。事実としては、模造主君をできるかぎり早く始末しなければならないのだ。ついでに、クロングも。

自分たちの見つけたシュプールはたしかなもので、もうリスクはないだろう。ただ、目標にはまだ遠い。ひょっとすると主君はこちらに向かってきていて、来訪者二名は本当に使者なのかもしれない。それならば、模造主君をその本来の用途に用い、クロングを押しのけて勝つことが、二重の意味で重要になる。あの未知宇宙船のとったコースからすべてがわかるか、まったくわからないかだが、それはどうでもいい。意味があるのはただひとつ、使者が、パルスフあるいはクロングが主君の想定するようなシャット＝アルマロングとは違うかもしれないと話したという事実だ。

パルスフは、自分たちに欠陥があるという恐れを排除しなければならない。そうしなければ、すぐに自己破壊を起こすかもしれない。とはいえ、どの疑いも克服したと自身で思っても、わずかな疑いはのこる。

主君がクロングのほうを好んだらどうする？　かれらを永遠の従者として受け入れ、パルスフを終わりのない絶対的に無意味な旅に送ってしまうとしたら？

クロングは消えるべきだが、そのさいパルスフになんの疑いもかけられてはならない。パルスフはその事態に充分そなえ、クロングへの罠も準備完了している。よけいなことに、偶然にも二名の使者があらわれたが、それも最終的立証の一部になるであろう。模造主君は、できるかぎり隔離された状態のパルスフたちによって製造された。このプロジェクトを知りすぎたために秘密を洩らす恐れのある者は全員、相応の制御エレメントを装着され、それに応じて再構築データも改変された。関知者はすべて……天才アモまでも……必要ならば自己破壊することになる。破壊されたら、これはすべてクロングのスパイ活動に帰するものであると、明白に証明されるだろう。

ただしこの計画が機能するのは、クロングが侵略してきた場合のみだ。侵略はすぐに起こらなければならない。そのため、クロングのスパイに偽情報をつかませた。指令コードを持つ主君がすぐ近くにいるとパルスフがわかっていることを、クロングが察することのないようにするのだ。まったく逆で、パルスフが疑念を持って主君の使者に出会ったと想定させなければならない。そのさい、度を超えないよう気をつけることも必要だ。クロングは疑い深く、ずる賢いから。

天才アモは、使者を模造主君の近くに滞在させるのが賢い方略だと考えた。クロングは知らないが、本当は模造主君でもなんでもないのだ。パルスフが模造主君の居場所をそれまでどおり秘密にしていると、クロングは想定している。かれらは思いあがっていて、パルスフがP＝ゼロをふくむすべてのスパイの正体を暴いたことなどまったく想像できないからだ。こちらが使者をどこに連れていったかクロングが知ったら……これはもうアモが慎重に実行したが……たんにパルスフが使者をためしていると想定するだろう。つまり、ルシウスとサイコがかつて指令コードと関わったことがあるなら、模造主君にもまた反応するだろうということだ。もし二名が反応しなければ、クロングは、奴隷たちの主君が指令コードを熟知していないと確信するにちがいない。そして、それを確信したら、クロングにとり、模造主君を手に入れることがいっそう重要に思えるだろう……まったく主君がいないよりもましだと。

表向きには模造主君だが、実際はクロングへのたんなる罠なので、ルシウスとサイコがこれに反応することはまったくありえない。あまりにありえないため、パルスフは危険を冒し、とっくにクロングのスパイだと暴いた者に使者二名をまかせて、模造主君のところに直接、連れていかせたのである。このクロングのスパイには使者を監視する任務をあたえた。当然このスパイは、自分の正体がとっくに発覚していることなど知るよしもない。

使者たちは、アモが想定したとおりに反応した。つまり、生物には不適切なパルスフォンの環境に有機体すなわち模造主君が入った箱があるのを見たときに、思考できるすべての者が見せる程度の好奇心をいだいただけだったのだ。クロングのスパイもうまぐあいに機能して、急いでクロングヘイムにこの報告を流した。スパイはそのさい、パルスフが使者たちをまったく信用していないこと、それでも、はじめの不親切な待遇のあとは腫れ物に触るようにあつかっていることも述べた。

これでクロングは当然、怪しげな女主君に対するパルスフの判断が完全には定まっていないと考えるにちがいない。なぜなら、定まっていれば、ふたつの可能性があるだけだから……とっくに使者を殺害するか、主君に通信メッセージを浴びせつづけるかの、どちらかだ。こういったことすべてにクロングはそそのかされ、女主君に対するパルスフの評判を落とそうとするだろう。使者たちがパルスフォンで殺害されるように仕向けるはず……だが、パルスフはむろん、使者ふたりの殺害はもうすませたと見せかける。そのための道具は、なんといっても例のスパイだ。どちらにしても使者の近くにいるのだから。パルスフはまず、このスパイが犯行のあと自己破壊できないようにして、次に、かれがじつはパルスフではないことを明白に証明できるように方策した。

きわめて綿密にすべての罠が準備された。あとは、その計算が完全で全計画が予想どおりにいくことを信じて待つだけだ。

幸運にもクロングは長く待たせなかった。

＊

ルシウスとサイコは休養をめったに必要としない。身体的には驚くほど長期間、睡眠なしでやっていける。しかし、心理的な理由で、ときおり休みたくなるときがあった。とくに、脳が極限状況を処理しなければならなかったときなどだ。今回はそれに当てはまり、両者はほんの短い時間、深い眠りに落ちた。

ルシウスはいつものようにサイコよりいくらか早く目ざめた。かれのほうがすべての面で頑丈にできている。だが、かれは最近、その状態が継続するものではないのかもしれないという疑いをいだいていた。なぜなら、いまは明らかに感情が発達している段階だからだ。それが製造時から決定されていたのかどうかはわからないが。

パートナーにはもっと休息時間が必要であると知っていたので、しずかにしていた。ふつうならば、ただ横たわって、自分にも楽であるアイドリング状態にしておく。だが今回は奇妙な不安を感じて起きあがり、すわって、裸で眠るサイコを見ていた。サイコは人間の女をまねてつくられており……おそらくベリーセの外見も人間だからだ……人間の住む惑星では、だれもが彼女のことを非常に美しいと思うだろう。ルシウスにはわからない。だれかと比較する機会もなければ、その種の認識力も付与されていないからだ。ルシウスは、外見はそうでも、男ではない。サイコも女ではない。どちらも、性的感情をいだくことはまったくありえない。

しかし、いまルシウスのなかでは、いろいろな種類の感情が引き起こされていた。はじめてパートナーの裸体を長いあいだ細かに観察していると、突然、いままで〝存在〟と呼んでいたものに対してあらたな考えが生まれる。この展開は〝自分の命〟といいはじめたころから起こっていたが、クロングヘイムではしずかに熟考する時間がなかったのだ。あとになってようやく、自分とサイコにとっての命とは、肉体に損傷がないことが前提なのだと理解する。以前はそのようなことを考えもしなかった。

ルシウスはベリーセに仕えるためにつくられ、その任務に必要な肉体と理性をあたえられた。自分のからだが完璧であるとつねに思っていた。理性のほうは、ベリーセの思考過程をたびたび理解できないなど欠点があるかもしれないが、自分の任務と直接に関係がないかぎり、理解する必要はなかったので、それは問題ではなかった。だが、いまは自分の傷つきやすさを衝撃的に意識してしまう環境にあり、この認識はすでに強く知覚した不安感情と結びついている。ベリーセの宇宙船は、ほんのちいさな閉じた世界だった。どの方向も、生存を脅かす宇宙空間から遮断され、空気と光と暖かさに満ちたカプセルといったところだ。宇宙船内に危険がおよぶことはほとんどなく、予期せぬ真空に突然に襲われるなど、ありえなかった。

しかし、ルシウスがいまいるのは、真空を自然な生活空間とする大勢のロボットの世界だ。比較的ちいさいわずかなスペースに空気を満たして、有機体の生命を維持している。ロボットたちは、サイコとルシウスが必要でなくなれば、ただちに殺害するといった。その事態はいつでも起こりうる。ベリーセが連絡してきて、指令コードを知らないことがパルスフにわかれば、それまでだ。アンドロイドを真空にさらすほどかんたんに殺害できる方法がほかにあるだろうか？

ルシウスは寝台から大きくジャンプした。サイコが自然に再生時間を終える前に起こしたことなど、それまではなかったのに、不器用で乱暴なやり方をしてしまった。サイコが叫び声をあげて自分のほうに跳びこんできたとき、ようやくそれに気づいた。驚いて彼女をはなし、

「起きるんだ！」と、せきたてる。「宇宙服を着用しろ！」

サイコはこの要求の意味を理解したらしい。おそらく、まだ完全に目ざめていなかったので、パートナーに命令されたと気づかず、したがっただけだ。とにかく、ルシウスよりもすばやく宇宙服を身につけて安全を確保した。

「どうしたの？」と、きいて、はじめて動揺する。

「危険だ」ルシウスが説明する。「ロボットのもとにいるあいだは、二度と軽率に宇宙服を脱ぎ去ってはいけない」

彼女は探るように相手を見つめた。

「不安なのね」はっきりいう。「あなたは自分の命の心配をしている」

「われわれ両方の命の心配をしているのだ！」と、訂正する。「ここから生きてまた出ていきたい」

「残念ながら、どうすることもできないわ」と、サイコは悲しそうにいう。「われわれは、ベリーセの任務を遂行しなければならない。それは、ロボットとくりかえしコンタクトを持つということ。かれらはいつでもわれわれを殺せる。こちらは完全に無力で、武器さえ持っていないわ。たとえ持っていても、何百万というロボットに対してなにもできない」

「逃げよう」

「ベリーセの命令はどうするの？」

「ベリーセとは何者だ？」ルシウスがききかえす。「彼女の指示にしたがってわれわれは製造された。彼女は自分が望むとおりにわれわれをつくることができた。結果を適時にコントロールする機会があったんだ。きみには最初から感情があったね。彼女が当時それを望まなかったとしたら、きみを破棄して、新しいサイコをつくることもできた。

でも、彼女はきみをあるがままにさせた。それは、きみに対して責任を持ったということだと思わないか？　彼女がきみを不安にさせ、助けようともしないのは、正しいことなのか？」

「もしかしたら、それができないのよ」

「できるはずだ。ベリーセが大きな権力を持っているのはきみも知っている。ロボットを支配することが完全にできるとわかっていなかったら、われわれを絶対にシャット＝アルマロングのところに派遣しなかっただろう。急いでいて、結果のわからない冒険をする時間がなかったのだ。彼女は指令コードをマスターしている。いつでもロボットにコンタクトすることができるし、そのさい、なんの危険も冒さないだろう」

「わたしたちにそれが本当に判断できると思うの？」

ルシウスは相手の目を見て、いま自分をとらえているのと同じような恐れがそこにあるのを読みとった。同時に、自分にはまったく理解できない困惑も見た。

「ベリーセはわれわれより賢いと、きみは思うか？」と、かれはききかえし、自分の声がやさしく響くのに驚いた。

「ええ！」サイコはささやく。

「わたしもだ」と、やさしさをこめていう。それはなじみのない感情で、未知の不安感情を呼び起こす。喉が絞めつけられた。「ベリーセは、われわれがその存在さえ想像できないさまざまな謎や関連性を知っている。このロボットたちのふるまいを、われわれにはできないほど正しく速く判断できる。そのうえ、いつでもヴィールス・インペリウムに照会することができる。指令コードというものがあっても、彼女はまさにそれを使って、いつでもロボットを厄介ばらいすることができるんだ。このわたしがそれを知っているなら、彼女もまた知っているはずだろう？」

「そう思うわ」と、サイコがささやく。「でも、われわれにはわからない事情がおそらくあるのでは？」

「違う」ルシウスはしずかにいう。「今回は違う。ロボットは無条件で指令コードを受け入れるのだ。ベリーセにはこの指令コードを使用する力がある。どうやって彼女がわれわれを救えるかというと、指令コードを使って、われわれを送り返せとロボットに命令するだけだ。われわれがもどったあと、ベリーセがシャット＝アルマロングを厄介ばらいしたければ、また指令コードを使ってロボットにはっきりいえばいい。パルスフもクロングも救えないほど欠陥だらけで、主君が想像していたのとはまったく違う、とね。それでかれらは自己破壊するだろう！」

「そんなこと、どうしてわかるの？」

「シャット＝アルマロング自身が教えてくれたのさ。クロングがいつも、自分たちに欠陥はないとくりかえしていたのを思いだしてごらん。パルスフも結局は同じだ。両者とも、たがいに相手がシャット＝アルマロングとして適正でないとわれわれに確信させたがっている。わたしにはクロングもパルスフも、正常かそうでないのかわからない。だが、指令コードによって自分たちに欠陥があるとわかったら、両ファミリーとも自己破壊すると思う。かれらには、本当にそうなのかを考えてみることさえできないだろう。命令にしたがうだけだから。ベリーセがわれわれに個人的に命じたときと同じように、かれらもそうだと思う」

サイコはパートナーの視線を避けた。

「ベリーセはわれわれより賢明よ」と、小声でいう。「われわれはそれがわかっている。彼女のやり方に判定をくだすことはできないわ。われわれには想像もつかないさまざまな関連性を彼女は知っていると、あなた自身がいったのよ。われわれはベリーセの計画の実現を手伝うためにつくられた。われわれを犠牲にするのが彼女の意志なら、それにしたがって運命を受け入れる以外にないわ」

ルシウスはパートナーを見おろした。サイコにさらなる論拠をしめす必要はないとわかった。どうせなにも認めないだろう。彼女には製造されたときから感情があり、同様にそのときから、いつかはベリーセのために死ななければならないことを明らかに受け入れている。それはまだどんな危険が襲ってくるか、予期さえしなかったときからのことだ。だからサイコは、いまなにをしなければならないのか見きわめることができない。

型にはまった思考回路のなかで動いているのだ。

ルシウスの場合は異なる。このようなことに慣れる時間はなかった。感情が芽生えたのは、危険が目の前に迫ったときのことだ。かれには、襲ってくる死を受け入れることはできない。まったく反対で、いまはじめて自分のものだと認めた価値ある命を守ることにすべてをかけずにはいられない。それ以上に、これは自分だけでなくパートナーの命の問題でもある。たがいに相手なしには存在できないほど、両者は緊密な関係なのだ。

こういった認識により、ルシウスはあらたな未知の感情に満たされた。それがほかのすべてのものより強くなり、はげしい怒りがわきあがってきた。

「ベリーセの意志にしたがえば、われわれは死ななければならないのだぞ！」と、荒々しく叫ぶ。「それならば、彼女はすくなくともわれわれが動揺しないようにすべきだった。彼女にはそれができたはずだ。わからないのか？」

サイコは驚いてルシウスを唖然として見つめた。かれは相手に反論の機会をあたえず、サイコの手をとると、強引に引っ張っていく。ルシウスのほうが身体的には強く、この飛行物体の重力がわずかだったことも助けになった。部屋の半分にも達しないところで、ハッチを開く命令を叫ぶ。ハッチの前に立つ監視者が見え、同時にこれまでけっして耳に入ったことのない音が聞こえたが、それでもすぐに正しく判断した。空気が満たされたこのセクターで戦いが起きているのだ。大音響、なにかが崩れる音、きしむ音、割れる音。ルシウスはこれらすべてを、自分とサイコの現況とだけ関連づけて考えた。

かれはサイコを横に押しのけて、彼女におおいかぶさった。熱いビームが上をはしるのを感じながら、監視者が一歩を踏みだすより先に次の行動をはかり、実行する。パルスフは歩行できるものの、浮遊するほうがとほうもなく速いので、緊急のときにはそれを選ぶという事実を、ルシウスは一瞬のうちに思いだした。

「走れ!」と、サイコに叫んだ。二発めのビームがかれらの上すれすれに、はなたれたときのことだ。

一瞬、彼女が状況を把握できないのではないかと恐れた。だが、サイコはかれからすばやくはなれ、からだを床に近づける。かれはそのあとを追い、自分の筋肉がいかに速く脳の命令に反応できるかを感じた。同時に、目の前でサイコがすばやいジャンプで次のエネルギー・ビームから逃れたのを見た。自分たちにもまだチャンスはあると、なにかが告げている。シャット＝アルマロングはロボットだから動きは速いが、非論理的に考えることや自発的に反応することはできない。この点でアンドロイド二体は機械より勝っている。これを利用するべきだ。

監視者はずっとかれらを追いかけてくる。脚を使って動いているので、ルシウスとサイコよりも遅い。監視者はそれがわかると、床から浮きあがった。ルシウスの前方に分かれ道が見えた。培養された筋肉の最高性能が許すかぎりの速度でそこに向かう。不安のおかげで、自分が持っているとまったく知らなかった力が出る。このさまざまな力は身体能力だけではない。サイコが側廊に逃げるつもりだと気づいたルシウスは、すぐにひらめいた。サイコはまさに、重力に左右されないロボットが、その重力に囚《とら》われる傷つきやすい有機生物について想定するだろう行動に出たのだと。角をまわろうとしたサイコに追いつき、中央通廊に連れもどすと、すべての力を集中し、パートナーを引き連れてさらにまっすぐ猛進した。うしろでロボットが笛のような音を発する。それから、なにかが激突する音、最後に短いざわめきとうなるような音が聞こえた。

ルシウスが理論上だけで知っていたような吸引力が、もとの通廊にふたりを吸いこむように働く。同時にかれはなにが起こったのかがわかった。つまり、分かれ道のすぐ向こうに空気を満たした部屋の外壁があったが、これを監視者はなんらかの理由で知らなかったか、気づくのが遅れたのだ。ロボットは通廊に到達したとたんに発砲した。このせまい通廊では、もう獲物は逃げられないと思ったからだ。しかし、かれが破壊したのはアンドロイドではなく、この側廊と真空域を隔絶する薄い壁だったのだ。

ルシウスはまたべつのことも思いだした。自分たちを大きな機械的負荷にさらさないでほしいと、サイコがアモにたのんだことを。ロボットの発砲による損害がどれほど大きかったか、理解できた。また、ロボットの胴体にある、ほとんど見えない横線が武器の発射口にほかならないことも、いまわかった。空気を満たした構造物に倉庫の扉くらいの穴があくと、たとえベリーセの宇宙船の二十倍はあるパルスフォン全体とくらべればちいさい穴でも、流れでる空気が吸引力を起こし、それが極端な機械的負荷となる。そのうえルシウスは、目の前にある通廊はどれも真空から隔絶されていないのを見た。パルスフはこの種の事故が起こりうる可能性をおおよそ想定していなかったのだ。監視者がどこかでかれらを待ちうけるとすれば、ある程度ふたりが無力になる外部であろう。パルスフもクロングもまだ真空崩壊の経験はなかったようで、監視者はルシウスとサイコが想像するよりもずっと遠方に運び去られていた。

ルシウスはパートナーを床面に押しつける。サイコはどこか平坦ではない個所にしがみついた。吸引流はふたりを過ぎて、音のない真空がその上でぶつかった。血液の流れる音と心臓の打つ音が耳のなかでしだいに大きくなっていく。ルシウスはふたりの命のためにも、サイコがよりによってここで質問しはじめないことを望んだが、同時に、彼女に説明したいという誘惑とも戦いつつ、それが必要にならないことを祈った。それとともに、シャット＝アルマロングがかれらの言いぶんを直接、わかりやすい指摘でこちらの通信機に伝えてこないことをののしった。さらに、脳のどこかでは、ベリーセとヴィールス・インペリウムは自分たち奴隷に相応の装備をさせることが本当にできなかったのか、それともなにか秘密の理由でそれをしたくなかったのか、という疑問がわきおこった。

するとは、なにかを感じとった。通信機や外側マイクロフォンを通してではなく、床から直接、神経に伝わってくる。なにかがやってくるのだ。このなにかは、ふたりが横たわる床の物質に大きな振動を起こしている。ルシウスはそっとサイコの腕を引き、彼女はすぐに反応した。いっしょにすばやく慎重に、べつの側廊にもどる。そこから、奇妙な行列を観察した。クロングが十数体いる……ここパルスフの領域に！ 奇妙でかたちがないが、まぎれもなく有機体の入ったガラスの箱を持ち去っている。これらのクロングは明らかにはげしい戦いをしてきたようだ。大部分は持続して浮遊移動できないらしい。ただ、すこし跳ねることはできるようで、アンドロイドが感知した振動はこれで説明できる。ほかには、まだ浮遊できても腕がなかったり、ひどい損傷を負っているものもある。動かずに横たわる奴隷たちにはだれも気づかない。本来ならロボットにはかんたんに気づかれたはずだが。

クロングが去ると、奴隷たちは立ちあがった。たがいに見つめ合い、同時に考えが進むのがわかる。使者二名が死んだという論理的結論に、いずれかのロボットが……たぶん監視者だ……いたったらしい。なにかが穴を通って外へ吸いだされ、それがアンドロイドとよく似ていたので、監視者が殲滅したのだろう。ほかの説明もあるかもしれないが、このときそれは重要でなかった。重要なのはただひとつ、かれらにまだチャンスはあるということだ。

たがいに手をとり、問いかけるように目を見かわした。ここを出れば気づかれるだろう。浮遊すればロボットの注目をまさしく引いてしまうが、それでも浮遊移動の決断をした。いたるところで監視されている環境にあるのはわかりきっていた。もしだれかが、ルシウスとサイコが生きているかもしれないという疑惑をいだけば、まずは足音に注意するだろう。長く細い六本脚のものにとり、比較的短い二本脚の生物が歩いていく音の違いは著しいにちがいない。だが浮遊に関していえば、ロボットも両奴隷たちも反重力技術を使用している。それが、パルスフとクロングの世界にも重力のようなものが存在するという唯一の論理的根拠だ。ルシウスとサイコは、自分たちの浮遊メカニズムがほかのものとそれほど変わらないことを願うばかりだった。

この期待は、飛行物体から慎重に外に出て自分たちのちいさな搭載機がとまっているポジションを探しているときに、確信となった。探すあいだ、かれらはなにも話さなかった。チャンスがひとつしかないことを知っていたから、その必要はない。ときおり目を見合うと、たがいに相手の考えが読めるような気がした。まるでふたつの個体ではなく、自然の意に反してふたつの部分に分けられたひとつのものであるかのように。自分たちは一体なのだ。たがいに補完し合っている。かれらはこの感情を否定しなかった。なぜなら、これまでの全存在においてめざしてきたものは、まさにこれだと信じていたからだ。そう願ってもいた。

やがて目標に到着した。搭載機が目の前に立っている。安全なかくれ場を見て、わずかな瞬間、かれらは危険を忘れてしまった。たとえたがいに弁明する時間があったとしても、どちらの責任で目の前の目標に到達できなかったのか、断定はできなかっただろう。ルシウスが不注意な動きをし、その瞬間、サイコが聞こえるほどのため息をついたのだ。

その両方のシグナルをとらえたパルスフは、アンドロイドから数百メートルしかはなれていなかった。不運なことに、このパルスフは事情を知らされている一体だったが、ことのなりゆきを完全には知らなかったのだ。クロングが模造主君を連れ去る瞬間までのすべてを承知していて……それも、はげしい戦いのすえ、疑い深いクロングに、模造主君が多大な犠牲を出す価値のあるものだと確信させたあとのことであった。

この戦いのさなかに、クロングのスパイが主君候補の使者を殺害するはずだったのだが、失敗した。さらにべつのスパイがその任務についたが、これもまたうまくいかない。ファミリー会議のメンバーにはその理由がわかった。クロングのスパイはすでに、自分たちが操られていることに気づいていたのだ。それゆえ、アモとほかのメンバーは想定した……この術策は、ほかのすべての事態に対してもうまくいかないだろうと。さらに、こうも考えた。パルスフォンには、まだこちらが気づいていない優秀なクロングのスパイがいて、アモさえだまされているかもしれない。それが可能なら、クロングが指令コードを持つ主君をあしらうことだってありうる。だから、ファミリー会議は使者ふたりを逃がす決断をした。そうすれば、主君はアモの意図を推測してくれるだろう。パルスフをあらゆる疑いから晴らす証拠は明らかだから。

この命令は、事情を知るすべてのパルスフに発信された。だが、一体だけこれを受信しなかった者がいた。それがよりによって、この瞬間、すでに死んでいなければならないはずの有機体二名を見つけたのだ。パルスフはすぐにこの失敗を正す決意をし、実行した。

ルシウスとサイコは、すぐに死んだ。恐怖も痛みも感じることはない。かれらは生きるために同時に目ざめたときと同じく、同時に死んだ。

9

奴隷たちがどのように死んだかを聞いて、ベリーセは残念に思った。ルシウスとサイコはいつも彼女の役にたっていた。自分が感動したことすべてについて、かれらに話すことができた。かれらがまったく理解しないこともよくあったが、自由に語れるのがこころよかったので、それはかまわなかった。ふたりがいなくて寂しくなるだろう。かれらを助けられなかったのは残念だ。それについてルシウスが話しているのを聞いたが、かれは間違っている。しかし、それはかんたんな話だとはいえ、かれには理解できないことがらなのだ。

奴隷たちにつねにいっていたように、ベリーセはクロングもパルスフも支配できる。〝アルファ・プログラマー〟という道具を、ヴィールス・インペリウム経由で手に入れたからだ。それをシャット＝アルマロングのところに持っていき、正しいポイントに接続するだけで、ロボットに命令をあたえることができる。

問題はただ、ロボットたちがそのポイントまで自分を近よらせるかどうかだ。ヴィールス・インペリウム自身、ヴィールス・インペリウムは、シャット＝アルマロングは主君がほしくてたまらないのだというが、ベリーセにはこれがたしかとはどうも思えない。ロボット脳だからだ……非常に巨大で、さまざまな障害を乗りこえることができるが、それでもロボット脳はロボット脳である。ロボットが最良の協力者だと自動的に思いこむ傾向にあり、その関連で、さまざまな欠点が見えなくなりがちだ。ベリーセは実際にためした経験がないから、どれほど今回の事態がそれに該当するのかわからない。だが、慎重でありたいと思った。

ヴィールス・インペリウムの主張では、シャット＝アルマロングはベリーセを近よらせるだろうとのことだ。さらに、アルファ・プログラマーが機能すること、その助けでベリーセがシャット＝アルマロングの支配者になることも主張する。ベリーセにはヴィールス・インペリウムを信じる気持ちは充分にある。それだけでなく、ふつうの有機体なら死にいたる危険にも、自分は対処できるとわかっていた。ベリーセはふつうの有機体ではない。ヴィシュナなのだ。それでも限界というものはある。だから奴隷たちを先に派遣した。ルシウスとサイコがもう存在しないということは、彼女が正しく対処したという証明だった。

すくなくともひとつ、わかったことがある。ロボットの到達範囲にいるときは、とりわけ注意すべきだということだ。だから、もうすこし待って、シャット＝アルマロング内のなりゆきを安全な距離から見とどける決断をした。奴隷たちやヴィールス・インペリウムがとどけたデータと、のちにとらえたインパルスから、なにが起こり、その結果どうなったかを、大まかに知った。

パルスフは有機体をつくり、それが主君であるとクロングが信じるようにした。クロングはそれを盗みだし、詳細を調べようとした。だがそのとき、模造主君に近よると、みな一種の錆《さび》にやられることがわかったのだ。クロングはすぐにだまされたことに気づき、この危険な掠奪品を破棄しようとした。有機体は空気の充満した箱に入れられて、かんたんに破壊できそうに見えた。運よくクロングはとても慎重であったので、まずためしに組織をすこしだけとり、真空にさらしてみた。これはすぐに塵となり、特定の物質からできているものすべてに付着し、そこにはたちまち錆が一面にひろがって腐食した。そのため、のこりの有機体は放射分解された。もちろん、危険が二度と起こらぬよう、徹底的におこなわれた。その一方、まだ存在する塵やひろがる錆による腐食が、クロングに大きな問題をあたえた。

クロングはむろんロボットであるから、なんなく一度にふたつの問題をかかえることができる。精力的に、またかなり乱暴な方法で錆にとりくむかたわら、この苦労をもたらした敵を攻撃した。すぐに両ロボット・ファミリーのあいだで公然と戦争が起きた。このときベリーセは、シャット＝アルマロングが、すぐにはわからないが万全の武装態勢であることを突きとめた。かれらは運よく高性能の防御バリアを張っていたが、そうでなければ、瞬時にどちらも絶滅していたであろう。

シャット＝アルマロングが戦う光景を見て、ベリーセはすべての懸念を忘れ去った。このような戦士を必要としていたのだ。もはや一刻も猶予はならない。未来の援助部隊が本格的に弱ってしまう前に、この戦闘を終わらせなければ。

ベリーセの小型宇宙船がクロングのもとに近づくと、ルシウスとサイコを出迎えたのと同じ、ちいさい飛行物体があらわれた。ちっぽけな搭載機のときと同様、それよりかなり大きい船も問題なく曳航していく。ベリーセは、間違いをおかしたのではないかと不安になった。わかっているのは、奴隷ふたりの場合はその主君をどうみなせばいいか不明だという理由で、命を奪われずにすんでいたことだ。だが、ベリーセの場合はなんの権威も背後にいないため、引き合いに出せない。

複雑な気持ちでエアロックから出た彼女は、まったく予想しなかった驚きを受けた。アルファ・プログラマーを使ってロボットを説得する試みには相当の力が必要だと思っていたが、ベリーセがまだひと言も発しないうちに、やってきたクロングがこう述べたのだ。

「あなたはわれわれの主君にちがいない。あなたは完璧形です」

ベリーセは唖然とする。ロボットが真実をいったことは確信しているが、この金属物体が自分になにを見いだしたのかと疑問に思った。かれの表現は、からだのかたちのことをいっているはずがない。宇宙服を着用しているのだから。

「指令コードで命令を出して、われわれをあなたの永遠の従者にしてください」と、クロングはつづける。

ベリーセはすべての質問をのみこんだ。鉄は熱いうちに打てというから。アルファ・プログラマーを持つ手をかざし、明言する。

「わたしをシステムの中枢部に連れていきなさい」

もうなににも驚かされないと決めていたにもかかわらず、クロングが彼女の要求にしたがおうと、まさに努力するのにはかなり驚いた。この熱心な連中の一体が、有機生物を見るだけで殺意を持っていた第一製造者だと知ったら、さらに不審に思ったことだろう。

第一製造者はベリーセがあらわれたとたん、そのことを忘れた。ほかにもいくつか忘れたことがある。ほかのクロングも同様だった。突如、パルスフに対する陰謀など重要でなくなり、だれもシャット＝アルマロングの故郷への帰還に興味がなくなった。

ベリーセがクロングヘイムにきて十分もたたないうちに、ここのロボットたちは、想像を絶する長い時をへてはじめて指令コードを耳にした。主君の要求にすべてしたがう覚悟でいる。ベリーセの最初の命令は、クロングとパルスフのあいだにすぐ和平が成立しなければならないというものだ。パルスフもこの命令を知ったので、それで主君の捜索が終わったことに気づき、瞬時に平穏が訪れた。パルスフはベリーセを女王のようだと思い、数秒後にはやはり完全にベリーセことヴィシュナの影響下におかれた。両ファミリーは完全な平和につつまれる。シャット＝アルマロングはヴィシュナのあたえる命令を待っていたのだ。彼女は命令を発する。

「おまえたちに、ある星系の座標を教える」と、ヴィシュナはいい、アルファ・プログラマーがこの命令をロボットに受領させた。「そこの一惑星を軌道から引っ張りだすのだ。わたしは近くにいるが、だれにも発見されない距離をたもっている。なにが起こっているかは、つねにわかるので、それに応じておまえたちに命令をあたえよう。その惑星をべつの場所で新しく組織するように。そこからわたしが支配する。惑星の名は地球という」

シャット＝アルマロングはこれを聞き入れ、ためらいなくしたがう。ヴィシュナは小型宇宙船にもどり、安全な間隔をたもって追った。満足して自分の戦闘部隊を眺める。まずは、クロングヘイム。格子構造のネットワークでできた、ブルーに輝く巨大な菱形だ。飛行物体や巨大構造物などで占められ、そこでクロングが活動している。そして、パルスフォン。同様に巨大で、水色に光り、槍に似た突起物におおわれた球体である。突起物のエアロックから、パルスフのグライダーがちいさい昆虫のように飛びだした。

両ファミリーはそれまでと同じように、ならんで飛行していく。その全体は、およそ一立方光年の空間を占める。

このような連合部隊とともに押しよせてくるヴィシュナに、いったいだれが抵抗できようか。おまけに、彼女はヴィールス・インペリウムを手にしているのだ……

宇宙の巨大構造物

クルト・マール

登場人物

レジナルド・ブル（ブリー）…………ローダンの代行
ジュリアン・ティフラー………………自由テラナー連盟（ＬＦＴ）首席テラナー
トル・シグバン………………………太陽系前哨宙域防衛第三艦隊・第一小隊の指揮官
サシャ・イン…………………………《ツナミ８２》艦長
リド・ナルボンヌ……………………同操縦士
ジェフロモ・サーゲンダッシュ………同ココ判読者
ナイジェル・デイヴィス………………《ツナミ８０》操縦士
ヴェリア・デイヴィス…………………ナイジェルの母。プシオニカー
ヤーブロ・クロン……………………ナイジェルの父
ヴィシュナ……………………………コスモクラートの変節者

1

　ヤーブロ・クロンはゆっくりとしずかな通りを歩いていく。晴れた暖かな九月の午後、時刻は十六時になろうとしていた。この時間、ふつうならば子供たちが群れをなして、あちこちの庭で大はしゃぎしているはずだ。だが子供たちは親とともに去ってしまった。ここサンティーの北部はかなり裕福な地域である。住人たちが惑星プロフォスやオリンプなど、一般的な渡航目的地のひとつを予約するのは、問題ないことだった。かれらにとって、テラはもう安全ではないのだ。多くの人が〝狂気の沙汰だ〟と声を大にしたテラニア政府の作戦は、ここの人々にも大胆すぎると思えた。都市に向かった住人もいる。パーメンター家がそうだ。親戚がクリーヴランドにいる。ヤーブロは唇を結んだ。ある程度は役にたつかもしれないが、作戦が失敗ならば、どこにいても失敗だ。たとえクリーヴランドでも。

ヤーブロにつきそうバセットハウンドが、不審そうに道ばたを嗅《か》いでいる。飼い主の愛情でかなりの肥満になってしまい、腹は地面に引きずるくらいだ。

「ボーフォル、おいで」ヤーブロが話しかける。「子供たちはもういないのだよ。もどってくるまで数週間はかかるだろう」

運がよければな、と、かれは思った。作戦が終わるまでにどのくらい時間がかかるのか、テラニア政府は明確にしなかった。開花した灌木《かんぼく》でいっぱいの庭では、あちこちでロボットが作業をしていた。秋になるまで、すくなくともあとひと月ある。市当局が要求するように緑地帯を整備しておくには、まだすることがたくさんあるのだ。サンティトのこの地域では建築法規により、家屋一棟につきすくなくとも五千平方メートルの土地がある。

ロボットは大忙しである。

ボーフォルは嗅ぎまわるのをやめ、飼い主の横を忠実に歩いていく。最後の家屋群の向こうで舗装道路は終わり、マリオン湖にいたる北方向のひろい道は埃《ほこり》だらけだ。もう一週間以上、雨が降っていない。まばらな松林は両側に小高くなり、藪やハリクジャクヤシにおおわれ、モッキンバードがさえずっている。

ヤーブロ・クロンは満ちたりた気分だった。孤独に悩まされたりはしない。かれはこの地を愛しているのだ。ここで育ち、べつのところで生きる欲求などけっしてなかった。妻のヴェリア・デイヴィスは正反対だ。彼女は生来、活発な性格で、子供たちがまだ家にいたころはいつも家庭に活気をもたらしていた。ヴェリアは、あすから休暇に入る。彼女がグライダーで轟音《ごうおん》をたてながらもどってくるのを想像すると、ヤーブロは心に温かいものを感じた。妻はここのところしばらく留守だった。それは彼女のせいではなく、任務のせいだ。ヴェリアはプシ・トラストに属している。それがなんであるか、ヤーブロは何度も説明されたが、結局はっきりわからなかった。いずれにせよ、政府の計画に関わっている。ヤーブロはそれを誇らしく思っていた。

道がカーブして、いつのまにか、ひろいしずかなマリオン湖の水面《みなも》が、孤独な散歩者と垂れ耳の犬の前にあらわれる。静穏を乱された一羽の鷺《さぎ》が、耳ざわりな、しわがれた、抗議するような鳴き声を出しつづけ、やがてばたばたと羽ばたき、飛び去った。

湖は驚くほど大きくひろく、対岸は細い線で見分けられるだけだ。左のほうに南西に開けた入江があり、そのはしに、大きなどっしりしたヤーブロ・クロンの家がある。もう何百年も流行していない建築様式で、自然石で築かれた煙突が、ゆるくななめになった屋根から、反抗するように突きだしている。屋根のないベランダが、ここで暖かい夜をすごそうよと誘う。上階の窓から、枯死した木の切り株のあるしずかな湖面を見わたせる。

太陽は煙突の上にあった。ほぼ計画なく自然のままに松林がつづくような大きな庭は、ロボットの手にかかったことがない。モッキンバードも鳴いていた。ボーフォルが、先の細くなった長い尻尾を堂々と振った。ゆっくりした散歩のあとには食べ物が用意されると知っているのだ。

遠くで悲鳴のようなサイレンの音が聞こえた。ヤーブロがクロノグラフを見る。あと数秒で十六時。時間どおりだ。

「いよいよだよ」と、ボーフォルに話しかける。

ボーフォルが耳を振った。急激にあたりの光景が変わる。最初の瞬間は、なにが変化したのかわからないだろう。明るい午後の光が、突如、乳白色になった。霧に満たされたかのように薄暗くなる。ヤーブロは気温が変化するのを待った……暖かくなるのか、寒くなるのか。しかし、なにも起こらない。注意深く目を手でおおいながら、煙突を見あげ、ついに変化を見つけた。予想しなかったわけではない。それが見えることはだれでも知っていた。ただ、かれはもっと強烈な影響を予期していたのだ。

見えたのは、灼熱の球体からちっぽけな火花に変わってしまった太陽だけだった。

もちろんこれは太陽ではない。例の……ヴェリアはなんといっていた?……〝空間歪曲〟が閉じたときに地球が光と暖かさをたもてるよう、月軌道とのあいだに吊るされた、滑稽な人工物だ。

落胆してヤーブロは家へ向かう。もうモッキンバードはさえずらない。ベランダへの階段をあがったとき、ボーフォルがついてこないのに気づいた。ふだんならば、すでに玄関ドアの前にいて、あわれっぽい目で午後の食事をねだるのだが。ヤーブロはまわりを見まわす。バセットハウンドは歩道でからだを低くし、震えていた。飼い主が見つめると、犬はちいさく弱々しい声を出した。

「おまえたちはまだ本能があるのだな」ヤーブロが考えこむ。「突然すべてが変わってしまったことが、太陽を見なくてもわかるのだね」

ドアを開けているあいだ、不安にさせるなにかが頭に浮かんだ。息子はどうしているのだろう？

＊

クロノメーターの明滅する数字が問題の時刻に近づいている。NGZ四二六年九月十六日の午前四時。町の通りは、いつもの早朝のひっそりしたようすとは違っている。数万人が、決定的瞬間を見逃すまいと立ちならんでいた。

あまりぱっとしない政府建物群内のひとつ、その十一階にあるLFTの危機対策本部に、報告が入ってきた。首席テラナーのジュリアン・ティフラーは満足している。

ティフラーが顔をあげた。薄暗い大きい部屋を見まわし、八メートル下方でくりひろげられている無音の喧噪《けんそう》をさっと見て、大きな3Dプロジェクションで視線をとめる。

そこには、太陽系の惑星および衛星から、前哨監視ステーションのシグマ・チェーンまでが、実際の縮尺ではなくしめされている。部屋の中央に、エネルギー支持架で床面とつながったグラシット製の円形プラットフォームが浮遊しており、ティフラーのコンソールはその上にある。

ハンザ・スポークスマンが二名あらわれた。長年、首席テラナーと友好関係にあるふたりだ。その理由からだけではなく、LFTの危機にさいして、宇宙ハンザとの連帯をしめす目的でやってきたのだ。

「カウントダウン、六十秒前」と、コンピュータの音声。

レジナルド・ブルがコンソールのはしっこで頬杖を突いた。

「こんなに胃の調子が悪くなければいいんだが」と、不機嫌だ。

二千年以上も人類の重要な案件に主導的に関わっている男だが、外見はほとんど変わっていない。赤銹《あかさび》色の髪をいまも刈りあげている。ふだん、明るい水色の目はのんきに世界を見ていて……むろん、この瞬間は違うが……幅のひろい顔は、親切でぜいたくをいわない平均的人間の内面をあらわしているようだ。この印象だけで満足すると、ブリーの本性を見逃してしまう。かれは現在進行中の、LFTとハンザの〝合弁事業〟において、もっとも精力的に動いている立役者のひとりなのだ。

隣りにいるガルブレイス・デイトンは宇宙ハンザの保安部チーフである。長身痩軀《そうく》で黒髪の外見は、ジュリアン・ティフラーの弟といってもよさそうだ。かれもまた、この重要な瞬間、沈黙していた。その視線はプロジェクションの、テラ＝ルナ系のポジションをしめすまぶしいオレンジ色の光点に引きつけられている。

三十秒前から、コンピュータ音声のカウントダウンがはじまった。大きい部屋の動きがとまる。すべきことは、すべてなされた。前夜から任務についていた危機対策本部の五十人の心のなかに、ある種の諦念が芽生えると、最後のささやきも消える。

地球と月の映像がまぶしいオレンジ色から暗赤色に変わった。コンピュータ音声がカウントダウンをはじめてからずっと、部屋の後方からため息のような音がする。聞こえるのはそれだけだった。

数秒が経過する。下の通りがまたいっぺんに活気づいた。だれもが無意識のうちに非論理的な恐怖をいだいていたのだが、それに反して、世界がいままでどおり存在するとわかったのだ。新しい情報が入ってくる。こんどはガルブレイス・デイトンが最初に興味を持ち、通りでの大衆の行動を見た。かれの目の前にはヴィデオ・スクリーンが浮遊しており、テキストが速いスピードで流れていく。デイトンは数分間、そのニュースを読み、うしろにもたれた。映像は消えた。

「度を超した内容ではありません」と、コメント。「どちらにしても、街灯の強い光で、大半の人々には空は見えないでしょう。平地の報告が必要ですね」

ジュリアン・ティフラーは、ハンザ司令部より連絡を受けた。ジェフリー・アベル・

ワリンジャーだ。首席テラナーに話しかけるその表情は自信に満ちていた。

「〝ズールー＝デルタ〟は計画どおり作動しました」と、ハイパー物理学者が告げる。ズールー＝デルタとは時間ダムのコードネームだ。テラニア時刻の四時、テラ＝ルナ系のまわりで時間ダムが閉じたのである。「構造通廊は予定したポジションに構築されています」

ワリンジャーの映像の横に文字があらわれた。こう書いてある。〝すべて順調とプシトレより報告あり〟

「これ以上は望めないな」ジュリアン・ティフラーはそういって、横を向くと、音声センサーに話しかけた。「いまから映像を見たい」

新しい映像があらわれる。不明瞭ながら、ハイパーカム・アンテナの基部が確認できた。アンテナは、映像の下四分の一を占める、輪郭のたいらな屋根から突きでている。テラニア・シティの中心から北西に数百キロメートルはなれた、さびしい地域にある建物の屋根だ。上にはチベット高原の夜空がひろがっている。

奇妙な天空だ。星がひとつもない。

＊

この日の早朝、ヴェリア・デイヴィスは〝思考タンク〟へ行く途中、手つかずの自然のすばらしい美しさに浸ることはできなかった。彼女のグライダーは、その地の上空を横切って飛び去った。

ズールー＝デルタ作戦が計画どおりはじまったことは、一瞥《いちべつ》してわかった。東の山向こうに輝いている太陽は、まち針の玉ほどの大きさもないちっぽけな光点で……自然の恵みの恒星ソルではなく、人類のつくりだしたものだ。自然の太陽でも人工のものでも、ナムツォ塩湖周辺の渓谷内の気温に影響はないはずだが、ヴェリアは寒気《さむけ》をおぼえた。人口密度の高い中心部から遠くはなれたチベット高原にプシオン研究の本部が設置されたとき、ここの気候は耐えられないほどだと感じた。そしていま、自然があたえてくれない暖かさを、プシオン技術を使って手に入れたのだ。

ここ数カ月の実験のあと、プシ・トラストの正式な本拠となり、いつしか〝思考タンク〟と名づけられたドーム形建物は、塩湖の岸にある。ヴェリアは操縦をオートパイロットにまかせ、巨大な地下駐機場に入った。その直後、一階の玄関ホールに入り、守衛ロボットに身元証明をして、ドーム内の作業場につづく通廊に進んだ。

八月の実験終了以来、プシ・トラストの収容施設と作業方法について、決定的な変化が見られた。元来は絶対条件と思われたきびしい服務規程が、じつは不要なものだと実験期にわかったのだ。まさに逆で、きびしい規則はストレスを生じさせ、プシオニカーたちが最大限に能率よく課題をはたすのを妨げるという。それで仕事場の雰囲気を和やかにし、数週間前には不可能と思われた自由をプシオニカーにあたえることになった。ヴェリアの見解では、プシ・トラストの構想からわずか数ヵ月のあいだに、人間の意識の多様性と可変性についての理解がさらに深まったようだ。

彼女はこれから四時間のあいだ仕事をする部屋に入る。快適にしつらえられた小部屋で、窓はなく、五メートルかける八メートルほどの大きさだ。中央には作業デスクがあり、その前にすわり心地のいい椅子がある。ヴェリアが入ると、ひとりの男が椅子から立ちあがった。標準的な身長、スポーツで鍛えた力強いからだ、明るいブロンドの髪、ナムツォ塩湖の水のような色の大きい聡明な目をしている。

昨晩、このストロンカー・キーンと自分が交代すると知り、ヴェリアは驚いた。キーンはプシ・トラストの責任者だ。ヴェリアはこれまで二度、かれに出会っている。どちらも、プシオニカーたちがたがいによく知り合うためのイベントで、いくらか言葉をかわした。ただ、ひとりで向かい合うのは今回がはじめてだ。キーンはおだやかで知性があり、つねに状況を把握し、ほかのものにおちつきと確信をあたえるといわれている。百十四歳で、ヴェリアより二十一歳若く、〝男盛り〟というところだ。

「早めにきたようだね、ヴェリア」キーンがほほえんでいった。

「がまんできずに」と、受け流す。「待ちきれなかったの……どのようになるのか、見たくて」

「いまのところ完璧だ。時間ダムは存在し、必要な構造通廊を専門家チームが維持管理している」

ヴェリアはこの部屋で唯一、飾りがなにもない前面の壁を見あげた。キーンが行ってしまったあと、そこになにがうつしだされるのかと、突然、不安が襲う。

「ストロンカー……わたしには充分な力があるのかしら？」と、不安げにたずねる。

ストロンカー・キーンは両手でヴェリアの右手を握った。ほほえみは消え、真剣な顔だ。その聡明な目には、おちつきと確信がみなぎっていた。

「そうでなければ、あなたはここにいないよ、ヴェリア。心配しなくていい。不安は捨てるんだ。われわれ全員が想像していたよりも、かんたんなのだから」

キーンが立ち去ると、部屋は暗くなった。ヴェリアは椅子にすわり、もたれかかる。リラックスした気分になった。人々がストロンカー・キーンについていっていることは本当だ。かれは確信をあたえてくれる。

なにもない前面の壁に、三次元映像があらわれた。すこし縮小してあるが、ＬＦＴの危機対策本部で見ているのと同じ映像だ。地球はどぎついオレンジ色に光っている。ヴェリアがまだプシ・トラストの思考流に合わせられておらず、そのメンタル力が時間ダムの補強に貢献できていないことをしめすものだ。

ヴェリアは任務に集中する。映像の周辺がぼやけ、まず外側の惑星が、その後、木星と小惑星帯、火星が見えなくなった。太陽と内惑星ふたつもしだいにぼやけて、あとは地球と月が見えるだけだ。ヴェリアのプシ能力が影響をあたえる尺度をしめす、例のどぎついオレンジ色に光っている。

ヴィシュナの攻撃から地球と人類を守る機能をはたす時間ダムのことを考えた。現在の月と地球のポジションに偶然に近づいてくる宇宙の旅行者が、どのように状況を見るのか想像してみる。地球と太陽は空間歪曲の後方にかくれていて、旅行者はそれを知覚できない。べつの状況ならば地球の中心に直行するようなコースをとったとしても、惑星はかくされたままである。

時間ダムの後方にあれば地球は安全だ。だが、この時間ダムを維持するためには、プシオニカーの意識から流れるメンタル・エネルギーが必要となる。どの時点でも、つねにプシ・トラストのメンバー二千人が、プシ・エネルギーでダムを支えている。ほかの五百人は構造通廊を管理していた。このちいさな開口部はダムの周縁部にあり、地球が宇宙のほかのものとコンタクトをたもつためにある。あとのプシオニカー七千五百人は予備、交代、緊急の援護として動員される。だれもが、時間ダムを堅固に維持するため、個々の割り当てをはたさなければならない。

あなたもよ、ヴェリア・デイヴィス……

ヴェリアは上を見た。地球と月をあらわす光点が色彩を変え、いまは暗赤色に燃えている。ほっとした。いちばんむずかしい課題、いわゆる〝検定作業〟を終了したのだ。彼女の思考がメンタル・エネルギーの流れに入りこみ、宇宙空間に注《そそ》がれ、時間ダムを強化していた。

これでもう、意識放射のコースをたもつための集中力は、すこししか必要ない。検定作業で得られた成果を破壊してしまうのは、せいぜい、強烈な恐怖、失神、あるいは麻薬やアルコールの影響くらいだ。いまからは、なにをしてもいい自由時間となる。交代勤務が終わるまで、部屋にとどまる義務があるだけだった。

時間をつぶす方法はかなりある。ヴェリアは明かりをまたつけた。三次元映像は、やや色あせてきたが、まだはっきり見える。部屋には書物、映像レポート、ヴィデオゲーム、音楽、いつも新しい飲み物と食べ物が入れられている不思議な保存庫などがあった。ほかのプシオニカーと談話もできる。特別な暗証番号をいえば、部屋の壁が透明になり、向こう側にその暗証番号の相手の作業場があらわれる……それが隣室であろうが、ドームの反対側の部屋であろうが、同じことだ。ただ、そのような連絡方法は当然、相手の承諾が前提であるが。

こうした気晴らしはすべてやめようと、ヴェリアは決めた。ここの課題に従事できることを誇らしく思う。いままで、自分がプシ・トラストに所属できるほど特殊な能力を持っているとは夢にも思わなかった。彼女はミュータントではなく、たんに平均以上の強度で思考をめぐらすことができるというだけである。この能力によってズールー＝デルタ作戦に参加することができた。

あすを楽しみにしている。あすから三日間の休暇に入るのだ。当然の権利である。ナムツォ塩湖の町シシャ・ロルヴィクには転送機接続があるから、時間のロスなくチャールストンに行けるだろう。そこからサンティーまではグライダーを使う。ヤーブロに会えるのがうれしい……ボーフォルにも。時を忘れたちいさな町のはしで、完全な静寂につつまれてすごす三日間が楽しみだ。ヤーブロはあれこれ、こまごまとたずねるだろう。プシ・トラストのこと、時間ダムのこと、空間歪曲のことなど……でも、彼女の説明のひと言も理解しないにちがいない。

ヴェリアの顔によろこびの笑みがひろがった。

息子も元気でさえいてくれたら、と、考えた。ナイジェルは宇宙空間にいる。太陽系の前哨宙域を防衛する第三艦隊に所属していた。

もし、ヴィシュナが本当に攻撃してきたら……

ヴェリアは不愉快な想像を追いはらった。このようなことで気を散らすのは危険だ。

＊

もよりの恒星まで数光週はなれた星間宇宙の深淵に、ちいさな宇宙船が、動いていないかのように浮かんでいた。船内にいる生命体はひとりだけ。それは憎しみと復讐心に満ちた存在だ。

この存在を自分たちの主君と認めたクロングとパルスフは、彼女を〝完璧形〟と呼んだ。かれらはこの瞬間、彼女の動きを見守っているだろう……それが高次元連続体のなかでくりひろげられているにもかかわらず。彼女の使っている機器や装置は、有機生物が開発した技術によるものではない。かなり時が経過してはいても、同等の技術装置にほぼ対抗することができる。かぎられた理解力を持つふつうの生物であれば、時空間、ストレンジネス、デルタ座標、自然法則といったものが密接に関わっていると思いこむが、それらは彼女には関係ない。

彼女はヴィシュナ、力強き存在だからだ。

ヴィシュナはクロングとパルスフの作戦行動に満足して、自分の行動を決定づけた憎しみを一瞬だけ忘れた。背教させられたシャット＝アルマロングは、主君の目的を心得ている。数分後には、四次元連続体の目標ポイントにもどってくるだろう。

そのことを意識の前面でふたたび考えると、ヴィシュナの目つきは暗くなった。ヴィールス研究者とその協力者テラナーからヴィールス・インペリウムを奪いとったあのとき、かならず復讐すると心に誓ったのだ。ヴィールス研究者のほうは、莫大な知識をそなえているにしても、重要ではない。コスモクラートの下働きとして義務をはたし……

失敗しただけだ。ふたたび世に忘れ去られるだろう。だが、テラナーは違う。この宙域で新しく躍進する力だ。ヴィシュナの憎しみを受けるのは、当然のことだった。

テラナーの惑星を輪切りにすると、当時かれらに脅しをかけた。テラがすべての悪の根源だ。かれらは、この脅しをまともにとる必要はないと信じたはず。その間違いを思い知るだろう！

変節者ヴィシュナは本気だ。

計画を立てたとき、とほうもない規模と巨大な力を持つヴィールス・インペリウムの知識に助けられた。シャット＝アルマロングというロボット文明のファミリーであるクロングとパルスフを見つけ、主君となれたのもそのおかげだ。クロングとパルスフはヴィシュナの武器である。その助けで、彼女はテラを切り刻み、人類を隷属させるのだ。

機器がなにか異常をしめし、完璧形ヴィシュナは注目した。重力波が記録されている。わずかな強さの衝撃だ。ヴィシュナは表示を調べ、これが目標周辺、つまり、中央に恒星ソルがある宙域からきていることを認めた。テラナーが重力衝撃を引き起こした可能性は排除できない。だが、なにによってこれが引き起こされたかはわからなかった。

彼女は、この事態を重要でないとみなしたものの、分析に一分以上を費《つい》やした。４Ｄ映像を見ると、数秒後にもクロングとパルスフがあらわれると算出されている。ヴィシュナは覚悟を決めた。むきだしの憎悪が、さらに陰悪な決意へと変わっていく。復讐の時がやってきた。もうすぐだ。テラナーはヴィシュナと出会った瞬間、破滅が確定したことを理解するだろう。

アルファ・プログラマーも準備ができた。これでクロングヘイムとパルスフォンの制御中枢および住民を支配するのだ。この巨大飛行物体ふたつがあらわれたら、ヴィシュナは命令をくだすだろう。

2

リング形のシグマ5が巨大な影のように、宇宙の闇のなかからあらわれた。《ツナミ82》の操縦士リド・ナルボンヌは、不審そうに艦載コンピュータの表示を目で追った。シグマ5は太陽系の前哨として設置された自動監視ステーションのひとつで、ポジトロン・プロセッサーの複合体によって制御されている。もし、コンピュータが誤った身元確認手続きをした場合、数秒後には《ツナミ82》の運命は絶望的となるだろう。

リドは身長百八十二センチメートル。青黒い髪、自分では男らしいと思っている鉤鼻、南方出身とわかる褐色の肌をしている。三十八歳で、ツナミの操縦士としてはかなり若いほうだ。

「われわれ、ここでなんの用があるのか、知りたいものだ」と、うなるようにいうと、《ツナミ80》の輪郭が浮かびあがった左のほうにすばやく視線を向けた。随行する《ツナミ79》と《ツナミ81》は二光分はなれたところで待機している。

「黙れ、サニー・ボーイ」よく通る声が横からののしってくる。「ルーチン作業も士気をあげるにはいいんだから」

リドは女艦長を横目で見た。サシャ・インは、身長百四十九センチメートルで小人のような姿だが、自分のハンディキャップなど問題でないことを世にしめしたいのか、さらに自虐的な努力で見た目をひどくしているかのようだ。球のようにまるい頭を剃りあげ、一日五回も摂取する過剰栄養でウエストのくびれをなくし、数サイズ大きすぎるぶかぶかの衣服を着用している。周囲の人々に癇癪《かんしゃく》持ちのようなふるまいをさらけだし、とくに艦内では、ことあるごとに乱暴な言葉を発して、だれがそこで偉いのかをわからせようとした。

リドはいわれたとおり黙った。ふつうなら熱烈な討論は嫌いではないが、このときは艦長とのいさかいはいやだった。

宇宙監視ステーションのリングは、直径二キロメートル、厚さは百メートルだ。シグマ5は、シグマ・チェーンを形成するほかのすべてと同様、太陽から十光時はなれている。このステーションには測定および検査に関して、最新のテラ技術が装備されていた。その任務は、文明から遠くはなれたところで引き起こされる妨害周波を可能なかぎり遠方まで感知することと、未知なるものの接近をすべて、早期にテラに報告することである。〝シグマ・チェーン〟という名前に惑わされやすいが、宇宙空間にひろく分散したステーションは鎖状に配置されているわけではなく、太陽を中心とする直径二十光時の球の表面に位置している。

ヴィシュナの攻撃が予想されるここ数日間、シグマ・チェーンのほか、さらに太陽の近くにあるオミクロン、カッパ、ゼータの各チェーンは前哨基地として重要な役割をになっている。第三艦隊の第一小隊を指揮するトル・シグバンが、いくつかの部隊に、近くのシグマ・ステーションを訪れてルーチン検査せよと命令したのも、まったく当然のように思えた。決定的瞬間に早期警告システムが問題なく機能することが絶対だからだ。おそらく実際には、サシャ・インのいうとおりなのだが。ステーションは完全自動システムで、自己整備をおこなうからだ。外部からの処置が必要な欠陥が生じると、自動的に報告される。シグバンが数隻を派遣したのは、乗員に気分転換させるためだ。つねに中断なく没頭していることを、何時間かは考えないようにすべきということ。

両ツナミ艦がリングの内部領域にあらわれた。暗闇のなかで、赤いポジションライトが光る。オートパイロットが《ツナミ82》をリングの壁から五十メートルまで接近させると、壁の円形部分が光りはじめた。輝くエネルギーでできたトンネル状の構造物があらわれ、ゆっくりと宇宙船に押しつけられる。外殻が音をたて、艦内コンピュータが応答する。

「コンタクト完了。シグマ5は進入可能です」

女艦長と操縦士のコンソール上方のスクリーンが明るくなり、長く骨ばった若い男の顔があらわれた。すでに話しはじめる前から口を半分開いたまま、視線はうつろで無表情だ。サシャ・インの言葉を借りれば〝オールが両方とも水に入っていないボート〟という印象を受ける。そのサシャが、呆然としてこちらを見ている相手をどなりつけた。

「ジェフロ、時間がないのだからさっさと話しなさい」

「ジャスミンが罠かもしれないといっています」と、相手は間の抜けた声でいう。

ジェフロモ・サーゲンダッシュは、身長が二メートル以上ある痩《や》せ型の大男だ。《ツナミ82》のココ判読者である。ココ判読者とは、それぞれのツナミ艦内にあるもうひとつのポジトロン性〝頭脳〟、コントラ・コンピュータの操作員のことだ。コントラ・コンピュータはどの状況でも、正反対の観点から状況を観察し、解析する。つまり、通常の艦載コンピュータの討論相手となるわけだ。危機的任務においては、この両コンピュータの論争が、ともすれば両者とも見逃しがちな新しい側面を浮かびあがらせる。ジェフロモ・サーゲンダッシュはじつに長く経験を積んだ専門家で……けっして間の抜けた男などではなく……ココをよく理解し、ジャスミンと名づけてもいた。

「ジェフロ、頭がおかしいんじゃないの」と、サシャがののしる。「ここはテラナーの前哨基地の前よ。コンピュータはたがいに了解している。どうして罠などと？」

ジェフロは知らないというように、大げさに肩をあげた。

「わたしにわかるとでも？　ジャスミンがそういっているんです」

「どれほどの確率で？」

「十八パーセント」

「それでわたしを引きとめるわけ？」サシャはどなる。「さっさと降りる用意をしなさい！」

＊

リド・ナルボンヌが、自動ステーションを内部から見るのははじめてである。被覆のない巨大な機器類がならぶ、不活性アルゴン大気に満たされた無重力空間を十分ほど見てまわり、なにも見逃していないと思った。巨大リングは完全に実用性に即して整備されている。中間デッキはない。自由に浮遊する何十万もの装置を、フィールド・プロジェクターがその場に保持している。たいした仕事ではない。重力がほとんどないので、機器は動きにくいから。相殺《そうさい》すべきはステーション自体のわずかな重量だけだ。

活性化した混合気体のなかで有害物質が発生するかもしれないが、アルゴン大気はそうした汚染を妨げる。さらに、宇宙線によって発生する活性物質のわずかな残留物をとりのぞくために、大気は定期的に浄化・濾過される。そのため、装置を被覆する必要がないのだ。これは、その専門によりあらゆるかたちと大きさをそなえ、何千体もステーションに配置されているメンテナンス・ロボットにとっては好都合である。高分子合金のぶあついプレートをとりのぞく必要がないからだ。リドにいわせれば、驚異的な技術的成果である。すべてが噛み合って、どんなにわずかな利点も見逃していない。だが、なぜか驚嘆することはできなかった。自分の美的調和感覚からすると、むきだしの機器が多すぎるし、秩序がどこにも見られない。

リドが見たのは巨大リングのほんの一部分だ。先に滑りこんだサシャ・インが、明滅する光点でしめされたエアロックへかれを最短距離で誘導した。ここはステーションで唯一、人間のためにつくられた部分……中央制御室への出入口のひとつである。

制御室は大きな半円形で、ステーションの大リングをセクション別に監視する大規模なインジケーターと、まんなかに中央コンソールがある。一Gの人工重力と、呼吸に適した空気がそなわっている。リドはじゃまなヘルメットをようやくはずすことができてほっとした。サシャはインジケーターを几帳面《きちょうめん》に検査し、リドは中央コンソールを調べた。予想どおり、シグマ5は問題なく機能している。

数分後、《ツナミ80》の検査グループが到着した。艦長と操縦士だ。サシャが挨拶して、だれもが予想したとおりのことをいった。

「もう時間だわ。あなたたちが助手だと、結局は自分ですべてしなくてはならない」

リドは《ツナミ80》の操縦士を握手で出迎えた。ナイジェル・デイヴィスとは研修でいっしょだった。五十歳くらいか。ツナミの操縦士としては平均的年齢で、まだ若者である。猪首のがっしりした体型、目はグレイで、偏見がなく親切な男だ。

「この騒ぎはなんだ?」と、サシャに聞こえないよう低い声でいってきた。ナイジェルのテラ語には、北アメリカの南東地区出身をしめす特徴的アクセントがある。「ステーションは自己制御できるのだろう?」

「作業療法さ」リドはにやりと笑う。「各部隊が、違うことを考える機会を持てる」

「それは……」

ナイジェルは話しだしたが、甲高《かんだか》い警報音に中断された。制御室の全周スクリーンに、無数の映像がうつしだされる。強い探知リフレックスをしめすグリーンの点が虚無からあらわれた。八……十……十五……ものすごい大群だ! 光点がかたちをなして、とほうもなく大きい構造体の輪郭を描いていくのを、リドは啞然として見つめた。

「これは大変だ……」サシャがささやく。

リドは、艦長に出会ってからはじめて、彼女の声が出なくなった場面に遭遇した。

＊

説明のできない不可解なものに、みな引きつけられていた。数分のあいだ、何百、何千、何万ものリフレックスが絶え間なく探知されるのを、大型スクリーンの前で立ちすくんで見る。リドは、数カ月前のニュースをかすかに思いだした。ハンザ司令部がフロストルービン宙域と千六百キロボー周波で交信したとき、あるテキストを受信したという。〝自転する虚無〟の近くで作戦行動している《プレジデント》の艦長タンワルツェンからのもので、次のようであった。

〝宇宙船です！　信じられないほど多くの！　これほどの数はこれまで見たことがありません！〟

リドはわずかのあいだ、タンワルツェンがフロストルービン周辺で発見したものが太陽系の近くにまでさまよいこんだにちがいないと思った。だが、それが間違いだと気づく。リフレックスは独自に動いているわけではなく、たがいにつながっている。それぞれが全体の一部なのだ。ほぼ三十光時はなれたところに物質化した巨大な対象物の規模を想定すると、一瞬リドは息がとまるほどだった。さらに、物質化プロセスはまだ完了していない。一秒ごとに新しいリフレックスが何千も増えて、その姿を大きくしていく。そこにきたものは、ハイパー空間から一度にあらわれたのではない。驚くほど巨大で、その全体像が包括的連続体としてあらわれるまで、数分もかかった。

「まだもうひとつあらわれる！」サシャが驚きの叫びをあげる。

探知宙域からはなれたところで、リフレックスの第二の流れが発生した。現象は同様である。光点はたがいにつながっていて、最初のものと似たような規模にちがいない第二の対象物の輪郭をあらわしている。

しだいに呪縛が解けていき、理性がまた働きはじめた。信じられないものを見ているように思えるが、それでも、事象の計測できるパラメーターを可能なかぎり正しくとらえ、すべてのデータを集積し、のちの分析に貢献するのがかれらの義務である。そのさい、自分たちにかかっているのは、けっしてデータ解析だけではない。シグマ5はいまこのとき、探知システムの驚くべき観測結果をテラニアの宇宙航行センター、ハンザ司令部、第三艦隊の司令本部などへ伝える操作をしている。しかし、ツナミが第一小隊の常駐ポジションにもどれば、トル・シグバンに報告しなければならない。それについてどう考えるか、トルはたずねてくるだろう。なにも考えられないと上司の前で認めるのは、まずいにきまっている。ふつうなら、それを考えるのはほかの人間の仕事なのだが。とはいえ、もっとまずいのは、サシャ・インという名の上司を持つことだ。

かれらは、もともとメンテナンスを専門とするコンピュータを作動させ、データの解析をはじめた。そのあいだも探知は続行され、ふたつの探知スクリーンの上半分はリフレックスでほぼ埋まり、いつもの背景はほとんど見えなくなった。コンピュータが出した最初の結果は、未知物体がふたつ、光速の九十一パーセントでシグマ5に接近しているということだ。ただし、航行ベクトルはかなりの角度でステーションを避けて通ることをしめしている。超巨大構造体の実際の標的は、明らかに太陽である。

奇妙な感情がリドを襲った。かれらはすでに半時間以上、データの解析をしている。

人間がかつて見たこともない、想像を絶する大きさの構造体ふたつを相手にしているのだ。かれらはたがいに話し合った。すべての出来ごとが信じられないと、ひとりがいう。それをはじめて探知によって確認したとき、ちょうど自分たちがステーション内にいたのは、驚くほどの偶然だと。しかし、意識の裏で気にかかっていることを口にする者は、だれもいなかった。

それならわたしがいおう。リドはそう思った。

「あれがなにか、みなむろん知っているでしょう」

全員、驚いてかれを見返す。

「あわてた結論は必要ない、サニー・ボーイ！」サシャが甲高い声でいさめる。

いつか堪忍袋《かんにん》の緒《お》が切れたら、この〝サニー・ボーイ〟というあだ名の仕返しをしてやる、と、リドは思った。

「冗談じゃない」と、容赦なく不平をいう。「何週間も待ちつづけたあげく、いまついにそうなると、だれも話そうとしないとは。沈黙することで問題は解決しません」

「なにを沈黙していると？」サシャが大声を出す。

リドが両方のスクリーンを指さした。

「ヴィシュナの攻撃ですよ」

＊

前哨基地シグマ5のスクリーンに最初のリフレックスがあらわれて数秒後には、LFTの危機対策本部にその情報が入った。コンピュータによるデータ解析が同時に遂行された。危機対策本部のスクリーンには、無意味に見える点の集まりとともに、探知の表示からコンピュータ処理した巨大構造体の輪郭が描かれている。

大きく天井の高い部屋は、昼夜の区別がない。目を傷《いた》めないで、ヴィデオ・スクリーンの表示と大型プロジェクション・スクリーンを見分けやすくできるように、つねに薄暗い光にしてある。クロノメーターは九月十六日十八時四分をしめしている。透明プラットフォームの上では、ジュリアン・ティフラーひとりが任務についていた。すこし休養するために六時間ほど交替の者にまかせ、もどってきて十五分ほどで、前哨基地のシグマ・チェーンから最初の警報がとどいたのだ。

かれは、コンピュータ映像で、巨大な構造体ふたつが背景から浮かびあがるのを見た。それは自然発生したかのように、不規則で乱雑な印象をあたえる。どんなに異質と思われる技術の産物であっても、ある種の調和が認識できるものだが、このふたつの構造体は違う。それでもジュリアン・ティフラーが疑う余地はなかった。どれほど説明しがたいにしても、かれの見ているものは、ヴィシュナがはじめた攻撃の第一段階ということだ。

両構造体の大きいほうは菱形に近いかたちで、みっしり詰まってはおらず、場所によって密度の異なる格子《こうし》構造からできているようだ。その大きさは驚いて息をのむほどで、最大部分は七光月。もうひとつの対象物は、ティフラーに中世の武器、戦棍《せんこん》を思い起こさせる。基本的なかたちは球体で、棘《とげ》や鋭い刃先、槍のようなものが不規則に、さまざまな長さでついている。球体自身は直径が八光月の規模である。探知表示では、いちばん長い棘の先は一・五光月から二光月の長さがある。

ふたつの巨大構造体は太陽に向かって光速の九十五パーセントで動いている。速度は落ちている兆候があるが、減速度の信頼できる数値をコンピュータが出せていないので、明確ではない。菱形の鋭角部と戦棍の先頭部は、この時点で太陽から四十光時の距離だ。つまり、ヴィシュナの攻撃に応戦するために、テラの戦闘部隊にのこされたのは四十時間、二日たらずとなる。

超光速探知がしめす映像は、アインシュタインの法則に反し、四次元の現実と一致しない。ティフラーは自分が宇宙空間にいることを想像してみる。あの菱形がハイパー空間からあらわれたポイントのそばで、目視のみで観測したとしたらなにが見えるのだろうか。巨大構造体の先端にはじまり、次に中心あたり、それからつづきの部分、といった順番で見ることができよう。目の前で、菱形は、結晶化核の入った過飽和溶液のなかでの水晶のように生じてくるはずだ。巨大構造が全体としてはっきり見えるまで、七カ月ものあいだ、観測ポイントにいなければならない。人類が脅威に立ち向かうのにのこされた四十時間にくらべれば、無限にも思える期間だ。

ハンザ司令部から同時にふたつ交信が入る。レジナルド・ブルとジェフリー・ワリンジャーが首席テラナーとの対話を要求してきた。ティフラーはまずブルと話し合う。戦術家が優先で、科学者は待たなければならない。

「つまり、これがそうなのだな」と、ブル。「これは、われわれが想定してきたやり方のどれにもあわない」

コンピュータのシミュレーションのことを引き合いにしているのだ。ヴィシュナが攻撃をしかけたら事態がどうなるか、どの防衛策をとるかを専門家が想定するさい、それが手助けとなったのだが。

「基本的原則は同じです」と、ティフラーが答える。「まずは意思疎通を試みましょう。今後の処置について考えるのに、まだ数時間ある。危機対策本部がとりかかっています。怪物ふたつは速度を落としているようですね」

ブリーがうなずく。

「目下、この構造体の発祥を明らかにしようとしているところだ。ハンザの特殊部隊ふたつに命令を出した。この未知のものに可能なかぎり接近して、測定するようにと」

「もしよろしければ、それについて、いいたいことがあるんですが」と、ワリンジャーが不平そうにいう。「数学が宇宙的カタストロフィの意味を記述した、純粋に仮定の構造があります。いやなことに、この両構造体はそれに似ている」

「どういうことだ？」と、ティフラーが訊いた。

ワリンジャーは首を左右に振り、

「百パーセント確信しているわけではありません」と、打ち明ける。「コンピュータがまだ計算中なので。それでも、あの両構造体は自然のカタストロフィが形象化したものであるようです。構造体がエネルギーを凝固させたものでできていることを、ブリーの出した特殊部隊ふたつが確認してくれるといいのですが」

「それがわかっても役にたたないな」ティフラーがいう。

「いまのところは」と、ワリンジャーが認める。「しかし、それはいつもそうでしょう。作戦立案者はきょうのことを、戦術家はあすのことを、科学者はその後にくるすべてのことを気にかけるもの。両巨大構造体が凝固エネルギーでできているという認識をコンピュータが確証すれば、いつか、われわれの役にたちますよ」

ワリンジャーの映像画面が消えた。レジナルド・ブルだけはまだティフラーとつながっている。

「ジェフリーのいうとおりじゃないか？」ブルがいう。「科学の専門家が凝固エネルギーでできた構造体とどのようにとりくむか考える一方、われわれには直接の脅威を防御する任務がある。シシャ・ロルヴィクから連絡はあったか？」

ティフラーは大きなプロジェクション・スクリーンを見あげた。太陽系の三次元映像がまだのこっている。だが、前哨基地シグマ・チェーンからの探知結果の表示は消えていた。

「すべて計画どおりです」と、ティフラー。「構造通廊はふさがれました。外からはなにも入れない。われわれは完全に遮断されています」

レジナルド・ブルは首席テラナーを見つめた。危機におちいったとき、つきることのない楽天主義で多くの人々をはげますことが使命ともなったその男が、めずらしく真剣な顔をしている。

「祈ろう」と、かれはいう。「ヴィシュナが、われわれの魔術を見抜かないことを」

＊

コオロギが心しずめるように歌を奏でた。魚が昆虫を狙ってか、あるいは自分自身が貪欲な湖水動物に追われてか、ときおり湖面から跳びあがり、また音をたてて水中にもどる。太陽は沈み、西側の地平線にグリーンがかった赤色の奇妙な薄明かりがのこった
……ヴェリア・デイヴィスがいうには、切断されたスペクトルの刻印だ。平穏な光景で

ある。ヤーブロ・クロンがミント・ジュレップを持ってベランダにあらわれた。かれだけがミックスできるこのさわやかな飲み物を、ふたりはすすり、気にかけていることを話し合った。だが、突然、ヤーブロが動揺させるようなことに気づいた。

「きょうは満月ではないね」と、いって、しずかな湖面のすぐ上にあるまるい地球の衛星を指さした。「満月ならば、これほど早く沈むはずはないのだから」

ヴェリアは目で、その指の先を追った。

「以前と同じことはなにもないのよ。ヤーブロ」と、やさしくいう。「人工太陽が満月をつくっているの。長くは持たないわね」

まさにそのとおりで、すぐに下から影が月の上にひろがった。十五分後には、月が湖畔《こはん》の向こうに沈む前に、よく知っている光景は消えてしまった。地球のカーブが月と人工太陽のあいだに押し入れられたのだ。ヤーブロは信じられないというように首を振った。

「これが本当に正しいのかね」と、疑っている。「ブッバがいうには、われわれは神や自然に対する罪をおかしているそうだ」

ヴェリアは、グラスをそっとちいさなテーブルの上に置く。

「ブッバには意見をいう権利があるわ。でも、かれが釣り以外になにもわかっていないのは知っているでしょ」

「それと、聖書を読むこと」ヤーブロが訂正する。「かれは聖書を暗記しているよ」

「それならば、悪を撃退するのが、わたしたちの役目であることを知っているはずだわ。それをしているだけよ。ヴィシュナが、地球を破壊すると脅したのだから。できるかぎりのことをして、それを阻止するの。当然の権利だわ」

「ヴィシュナは何者だ？」ヤーブロが訊いた。

ヴェリアはため息をつく。

「もう何度、同じことを訊いたの？　知らないわ。だれも知らないのよ。ヴィシュナは宇宙的存在で、超越知性体の能力、あるいはそれ以上のものを持っている。わたしたちがどうして恨みを買ったのかさえもわからないようよ。でも、ヴィシュナがテラナーに死と破滅を宣告したから、わたしたちは防衛するほかない。そうブッバにいって」

ヤーブロは手を振った。

「どうでもいいことで喧嘩したくない」話を変える。「休暇は三日間だといったね？」

「なにもなければね」ヴェリアが答えた。

「山に出かけるというのはどうだい？」と、ヤーブロが提案する。「われわれの小屋に最後に行ってから、一年はたっているよ」

ヴェリアが同意しようとしたとき、ラダカムが鋭く響いた。ヤーブロが立ちあがろうとすると、ヴェリアが椅子にまたすわらせた。

「わたしへの連絡のはずよ」

そういうと、二分ほど家のなかに入った。もどってきたその顔は、めずらしく険しい表情だ。

「やっぱりなにか起こったのだね」ヤーブロは胸騒ぎがしていう。

ヴェリアがうなずいた。

「大急ぎでシシャ・ロルヴィクにもどらなければならないの。プシ・トラスト全員の休暇がとりけされたわ」

「どうして？」

「ヴィシュナが攻撃している」と、ヴェリアはくぐもった声でいった。

＊

リド・ナルボンヌとサシャ・インは反重力プラットフォームに乗り、かなりの高速で、だがそれを感じることはなく、上に向かった。そのあいだ、リドは三度もたずねた。

「われわれインディアンが、首長の会合に招待されるなんて、どういうわけです？」

サシャはチョコレートを禁じられた六歳児のように足を踏み鳴らし、わざと怒ってみせた。

「ばかな質問はやめて！　何度いえばわかるの。わたしも同じようになにも知らされていないのだから」

「それは聞く価値のある告白ですね」リドはにやけながら応じる。サシャは、もうすこしで、かれの脛《すね》を蹴飛ばすところだった。

《ペトロヴナ》の司令室は壮観な円形のホールで、大きなグラシット壁の向こうに、トル・シグバンの招集した協議が開かれる会議室が見える。大勢いる一団は、緊急出動であわただしい。リドは事態が深刻になっていると感じた。

それはともかく、いい気分ではなかった。出席者のなかで、巡洋艦の艦長よりランクの低い者はだれもいない。リドはツナミの一操縦士で、場違いな気がする。サシャは、そのようには感じていないようだ。一巡して全員と握手し、いつものように、ひかえめなところはまるでなく、この協議は自身のために招集されたかのようにしている。

トル・シグバンが会議室に入ってくると、入り乱れた声の騒音がしずまった。随行しているのは、淡褐色の肌で、暗赤色に輝くふさふさとした髪の男だ。衣服の胸あたりに青い円形のシンボルがついている。ブルーの星系からきたアコン人だ。

トル・シグバンのほうは働き盛りの年代で、背が高く、明らかによく鍛えられたからだの持ち主である。手をあげて挨拶し、

「時間をむだにしたくない」と、はじめる。「通信ですませずに、諸君をここに集めたのは、非常に重要な案件がふたつあり、ぜひとも直接、面と向かって説明したかったか

らだ」なかば横を向いて、アコン人をさししめした。「まず第一に、テラがこの危機にさいして援助を得たことを報告したい。まったく期待していなかったわけではないが、それでも突然だった。アコン帝国の上級議会が、GAVÖKの一員として、最高装備の宇宙船百四十四隻をLFTに提供すると決定したのだ」

沈黙が場をつつむ。信じられないといいたげな、問いかけるような視線が、アコン人に降りそそぐ。かれは出席者の驚きに満足しているようだ。親しげにほほえみながら説明した。

「わたしはオウラト・フェン・ハールド。光栄にも、アコンの遠征コマンドを指揮する任務をあたえられた。テラを脅かす未知存在に対する戦いを、力のおよぶかぎり援助するためにきたのだ。ちいさいコマンドであることは認めよう。しかし、事態が悪化した場合、アコンがさらなる救援を送らないとはどこにも書かれていない」

心からの喝采が起こる。リドはまわりを見まわして、数人が感激して目を光らせているのを見た。トル・シグバンがまた話しはじめる。

「つけくわえることはないが、オウラト・フェン・ハールドとそのコマンド要員に、全人類にかわって心から感謝したい。アコン人コマンドは、間近に迫る戦いにおいて、われわれの部隊とならんで動員される。ここから第二のテーマにつづくのだが、一時間ほど前から、われわれの前哨部隊が未知存在とコンタクトをとる試みをしている。考えられるかぎりの情報コードを使用しているが、いまのところ応答はない。わたし個人の見解では、これに関してあまり希望を持つべきではないと思う。

われわれに必要なのはデータである。この未知存在が何者なのか、どのように機能し、どんな方法で太陽系に対する処置をとるのかなどのデータだ。これが予測されていたヴィシュナの攻撃であることは、もう疑う余地がない」

トル・シグバンはまわりを見まわした。〝まぎれもない直感〟を自慢にしているリドは、次に自分のことをシグバンが口にすると、はっきり予感した。そうでなければなんのために、自分とサシャはこの協議に招集されたというのだ?

「敵の防御技術についてはなにもわからない」第一小隊の指揮官があらたにはじめる。

「したがって、目視も探知もされない飛行物体を使い、情報を探すよりほかに手段はないのだ。ツナミこそ、この任務にうってつけで……」

3

巨大な格子が宇宙空間のはしからはしにかかっている。リド・ナルボンヌは魅了された。畏敬の念のような重苦しい気持ちで、明るい青色に光ってもつれる格子構造をじっと見る。それは一見、無意味に交差しながら、たがいに編み合わさってはまたはなれ、異なる方向に伸びていくようだ。巨大構造体の表面から、数光月はなれた内部まで、それが無限にくりかえされている。自分の見ている面は数光秒もないくらいの大きさで、怪物のような菱形全体の数百万分の一にもならないと考えると、リドは不快な気分につつまれた。

ツナミ艦四隻は接近した梯形《ていけい》を組んで、怪物のような構造体に向かって飛んでいる。第一小隊の前哨部隊の最後尾が、もう遠い彼方となった。艦載コンピュータはあわただしい動きで、遠距離探知によって確定されたコースを百回は計算し、それが本当に障害のないものであることを確認した。

「81から82へ」受信機から声が迫ってくる。「われわれ、見つかったと思う。目標宙域に強いエネルギー活動あり」

リドの視線がスクリーン上を動く。画面中央を占めるのは巨大な網の結び目で、そこから格子の糸が七本出ていた。算出されたコースは、この結び目のすぐ上方、十分の一光秒たらずのところをこえていく。格子の糸は……糸といっても、実際には厚み数百キロメートルの構造物だが……それまでは水色であった。いまは冷たいグリーンに光り輝く透明な壁となって、目の前に押しだされる。

「バリア・フィールドだ」と、リドがつぶやく。よろこびはなかったが、にやりとした。ツナミを阻止するのに、エネルギー・バリアひとつでは不足だ。ATGフィールドにつつまれた艦に対し、通常宇宙のエネルギー性および物質性の構造は使えない。

映像にどぎつい閃光がはしる。リドは《ツナミ82》の艦体を通じて軽い振動のような衝撃を感じた。

「敵が射撃開始した」《ツナミ81》が報じる。「命中したが、影響なし。ここが退《ひ》け時だ。がんばれよ！」

探知スクリーンには《ツナミ79》と《ツナミ81》のリフレックスがのこっている。それに対し、《ツナミ80》はこれまでのコースを変更していない。ふたたび、パラトロン・バリアがとどろいた。敵は狙撃の心得があるが、どのような武器を使用しているのかは、はっきりしない。光速ビームは目に見えず、その影響ではじめて気づくからだ。

「いやなことになりそうね」サシャ・インが大声でいう。「ATG始動までどのくらい？」

「八秒です」と、リドが答える。その視線はスクリーンに釘づけにされていた。巨大な結び目が、恐ろしいほどの速度で艦に向かって飛びこんでくる。グリーンのエネルギー・バリアが冷たい炎に揺さぶられる。衝突は避けられないように思えて、リドは首を縮めた。目で見た印象を無視して、衝突の心配はないというコンピュータの表示を信じるのは、ひどく困難だ。

三発めが命中し、《ツナミ82》の艦体が揺れた。結び目はまだ三光分ほどはなれている。敵の武器は、驚愕するほどの性能を発揮していた。リドなら、高性能のパラトロン・バリアに守られていてさえ、現在の距離の半分より近づいたりできないだろう。

突然、エネルギー壁のグリーンの揺らぎと、艶のない水色の格子糸が消え去った。そのあとすぐ、またグリーンの炎が見えた。リドは胃が収縮するように感じた。ツナミ艦は独自の微小宇宙に逃げこむ。司令室の隣室キャビンに設置されたミニ・ジェネレーターがつくるアンティテンポラル干満フィールドが、皮膚のように密着して艦をつつんだ。近くには《ツナミ80》もいる。ATGフィールドを作動させたツナミ艦は、一秒から二秒の相対未来に移動するといわれる。しかし、それはたんなる表現方法のひとつで、異なるふたつの宇宙間の距離をあらわすのに時間差を使用しているにすぎない。

まるでメルヘンの世界だ。

宇宙の虚無空間で、格子の糸が水色の橋のように揺れ動く。遠くを見わたすほど、輝く糸の網目はもつれている。網目の大きさはさまざまだ。多くの個所では、糸がたがいに数光秒はなれた距離にあるが、べつの個所ではぎっしり詰まって、頑丈な障壁ができているように見える。両ツナミ艦のコースは、糸の高密度な領域を避けるように選択されていた。大きな網目のあいだをオートパイロットが操縦していく。このあいだにATGフィールドはまた停止されていた。

宇宙空間は、ひろがる明るさで満たされている。リドは、糸から出る光の集積だと考えた。走査機が作動して、この糸をつくる物質を特定しようとするが、これまで役にたつ結果は出ていない。未知の建築士が使用した建材は、巨大な菱形の絡み合って混乱する構造の建築原理と同様に、不可思議だ。リドは、格子の内側に、輝く水色の糸だけではなく、もっと暗い物質からなる領域があるように思えた。とくに格子の結び目あたりに見られる。その大部分はいびつな袋のようなかたちで、結び目近くの糸にぶらさがっている。子供のころ、いくつも燻《いぶ》しだしたスズメバチの巣を、リドは思いだした！　その印象があまりにつづいたので、かれはこの構造体を〝巣〟と名づけることにした。こ

*

の混沌とした格子世界のものすべてと同じで、とても大きく、格子糸とつながっている個所から袋状のまるみの先まで、数百キロメートルはある。

探知スクリーンでは、格子糸のエネルギー性エコーがフェードアウトし、息をのむほどたくさんのリフレックスが表示されていた。格子内部で数千、いや、数万もの飛行物体が移動していることをしめすものだ。しかし、両ツナミ艦は周囲の環境に相対して、光速の六十パーセントで動いている。そのような速度のもとだと、人間の鈍い目では、数千キロメートルたらずはなれた物体すら認識できない。格子の目のあいだを動きまわる飛行物体を確認することは、まったくできなかった。未知の飛行物体がどのような外見なのかは、猛烈な速さで撮影するカメラによる映像が教えてくれるだろう。

「うまくいったな！」《ツナミ８０》のナイジェル・デイヴィスが叫ぶ。「あっちは、われわれがこんなにかんたんに自分たちの世界に入りこむとは想定しなかっただろう」

「プライベートな会話はやめ！」サシャが口やかましく叱る。

リドは飛行表示を調べ、ナイジェルに警告する。

「よろこぶのは早すぎるぞ、友よ。われわれがこれまでに進んだ距離は十五光秒だ。格子内側の総航行距離は十光分もある」

「なにが起こるというのだ？」ナイジェルが意に介さずにいう。「敵の驚きがおさまるころには、われわれはもうとっくに外側に出ているさ」

この瞬間、リドは、巨大な〝巣〟のひとつが格子糸からはなれて、動きだすのを見た。

＊

それはまったく現実とは思えない出来ごとだった。探知警報が鳴りひびくが、リドはそれでも、見ているものを理解できなかった。直径がすくなくとも三百キロメートルある〝巣〟が、シャボン玉のように軽《かろ》やかに、ひろい格子の目を抜けて漂っている。ものすごい勢いでこちらに向かってくるように見えるのは、それ自体の動きではなく、《ツナミ82》の恐ろしいほどの速度のせいである。

「全バリアを最大価で展開します」と、コンピュータ音声。

「予定外のATG作動を準備せよ！」サシャの命令が鋭く響く。

未知の光景が、稲妻のように光る灼熱のカーテンの後方に、消え去る。リドはシートから前方に投げだされた。コンソールでは、コントロール・ランプが鬼火のように揺れ動いている。コンピュータ音声が、がなりたてた。

「エンジン室が損傷しました。自己修復は可能です」

「こんなこと聞いてないぞ！」ナイジェル・デイヴィスの怒った声が、聞こえてくる。

「全方位から攻撃が……」

のこりの言葉は、たたきつけるような大きな音にのみこまれた。光学スクリーンには

《ツナミ80》のフィールド・バリアが、たいまつのように輝くのが見えた。

「ナイジェル、そっちは大丈夫か？」リドは心配して呼びかける。

「大丈夫じゃない……」しわがれ声で答える。「が……われわれ……まだ……生きている……」

「両艦、ATG作動！」サシャが叫ぶ。

赤く光るATGのキイをリドが押す必要もなく、オートパイロットが自動的に介入した。オートパイロットは、サシャの口調で深刻な事態だとわかったのだ。神よ、使用者の口調に反応する自動装置を発明した者に祝福を！

《ツナミ82》はATGフィールドにおおわれる。リドはコンソールで明滅するシグナルをくわしく見た。艦内のいたるところに損害がある。命中ビームはもうすこしで、フィールド・バリアを破るところだった。リドは恐ろしくて身震いしながら、表示が次々に赤からグリーンに変わるのを見た。自己修復メカニズムとロボットが作業中だ。

信じられない映像を記憶に呼び起こしてみる。袋状の〝巣〟が格子糸からはなれ、ツナミ艦二隻のコースに漂ってきたのだった。あの〝巣〟は不規則で偶然にできたようなかたちなので、巨大菱形の奇妙にもつれた格子と同じく自然物のような印象をあたえるが、じつは明らかに重武装の飛行物体だ。直径三百キロメートルの飛行物体！　第一小隊に所属する艦船の半数が、そこに入りこめる！　そのような袋が何十、何百もあるのだ。目で見るかぎり、一見、支えもなく格子糸からさがっている。

リド・ナルボンヌははじめて、地球に迫る危機の大きさを感じとった。そのひろがりが数光月もある構造体がハイパー空間からあらわれるのを見ても、人間の理性は感銘を受けはしない。あまりにも大きすぎて、なにかを想定することができないのだ。〝太陽系の五百倍〟というように数字で比較されても混乱を増すばかりで、理解が深まることはない。だが、直径数百キロメートルの宇宙船が何百隻もあり、しかも殺戮兵器を搭載しているということは、思考でとらえられるのだ。ここからなにかがはじめられるし、自分たちの攻撃力の規模と比較することもできる。だが、この比較はあまりにもみじめで、震えが出てくる。

リドの視線はサシャを追った。小人のような女は、めずらしく真剣だ。リドの考えを読みとったかのように、考え深げにうなずき、述べた。

「今回われわれは、のみこめないほど大きいものを嚙みちぎったようね」

四十秒後、オートパイロットがATGフィールドのスイッチを切る。リドは心配して探知スクリーンをくわしく調べ、《ツナミ80》のはっきりしたリフレックスを確認し、ほっとした。

「80、そちらの状況は？」と、呼びかける。

「82、もう一度こんな奇襲を受けたら、われわれの遺書が効力を発するよ」ナイジェル・デイヴィスの不屈のユーモアだ。リドは苦笑いする。「とはいえ、完璧に飛行は可能だ。あんな怪獣ベヒモスがもう一体、目の前にあらわれたりしなければ……」

警報があらたに鳴りひびく。両ツナミ艦は異常にひろい格子の目を通り抜けた。そこへ、かなり大きい物体が三つ、前方にあらわれる。距離があるので目視できないが、探知機はなんなくその輪郭をとらえた。また〝巣〟だ。十二光秒の距離にいて、鎖のようにつながっている。そこに両ツナミ艦は直行していた。

「もうたくさん！」サシャは怒り叫んでいる。「わたしは英雄じゃない！ 目標ポイントまでＡＴＧ飛行。もう姿を見せるのはやめるわ」

＊

「最初のデータ分析結果が出た。事態はきわめて深刻であるといわなければならない」

ジュリアン・ティフラーの沈んだ声が、言葉の意味を強める。騒音はすべて消えた。会議出席者の視線は、たずねるように首席テラナーに向いている。

「ツナミ艦二隻が巨大菱形の内部を調査した」ティフラーはつづける。「恐ろしい規模の構造体だから、もちろん表層部分の調査だけだが。おまけに、未確認の相手が砲火を開き、二隻とも危険な状況になったので、早めに打ち切らなければならなかった。しかし、格子組織の内部については、ある程度はっきりとわかった。ツナミが菱形のべつの部分へ潜入して、もっと奥まで行きついたとしても、なにかべつのことを見つけられるとは考えられない」

壁に映像があらわれる。《ツナミ80》と《ツナミ82》のカメラがとらえた、水色に光る格子がうつされている。

「このデータは80がもたらしたものだ」ティフラーが説明する。「問題なく時間ダムを通り抜け、現在また、第三艦隊・第一小隊の任務宙域にもどっている」

かれは出席者に、映像をしばらくのあいだ見る時間をあたえた。それからまたはじめる。

「われわれが接触を試みたのに相手がまったく反応しなかったことは、知ってのとおりだ。飛来中のツナミ四隻は警告なしに攻撃された。ATGジェネレーターによって菱形に潜入した二隻がビームを受け、そのさい相手は、ツナミのコースを予測して待ち伏せるという、かなりの能力を発揮した。この未知構造体ふたつを敵とみなすかどうかという、いままでの疑念が、完全にとりはらわれた。

菱形格子を構成する糸は、明らかに凝固したエネルギーだと思われる。ジェフリー・ワリンジャーがこのあと説明するが、菱形も棘のついた球体も、自然事象が形象化したものであるという理論だ」

映像が切り替わり、リド・ナルボンヌが〝巣〟と名づけた構造物があらわれる。

「これは格子構造の内部に何百とあるもので、通常は格子糸に固定されて垂れさがっているが、可動性があり、明らかに飛行物体だ。確認できるかぎりでは、黒っぽい物質からなる。実際にはフォーム・エネルギーだろう。この飛行物体は重武装していて、搭載兵器は明らかに断裂原理で作動する。時空構造に亀裂をつくり、そこからフィールド・バリア・エネルギーを流出させるという方法で、こちらのバリアの除去にとりくんでいるのだ。そのような武器に対して、われわれの防御バリアがいかに無力かを、あえて注意喚起する必要はないだろう」首席テラナーの顔に一瞬、苦しげな笑みが浮かんだ。「ツナミの乗員たちがどれほどの恐怖にかられたかを推量したければ、まずこの飛行物体の直径が三百キロメートルもあることを想像してもらいたい」

うろたえたささやきが聞こえる。ティフラーは、その説明を聞いた聴衆に気持ちの整理をする時間をあたえてから、また新しい映像をうつしだす。装置の性能を超えて拡大しすぎたかのように不鮮明で、色あせているが、昔の爆弾にすこし似ていて、両端の尖った卵のような物体だ。平坦ではない卵の表面に突起物があるが、映像の不鮮明さで確認できない。

「このようなものが菱形の内部に群がっていた」ティフラーが話す。「一メートル半ほどの大きさで、格子糸のあいだの空間を浮遊している。高速カメラがこの物体を一万以上とらえた。菱形の全重量から外挿法によってもとめると、数百万はあるにちがいない。

おそらくロボットのようなものと思われる」

「菱形の実際の居住者について、なんらかのシュプールは見つかったのでしょうか？」

と、出席者から声があがる。

「この時点でその質問がくるとは不思議なものだ」と、ティフラーがほほえむ。「答えはノー。巨大格子の〝住人〟と想像できるものに関してはなにも見つかっていない。そこから推測するとすれば……」と、映像を指さした。「これが居住者だ」

「ロボット種族？」

「そうでないとはいいきれない」と、ティフラーがいう。

「ヴィシュナは？　ヴィシュナについてはなにがわかっているのですか？」

「ヴィシュナについては、わからないことに変わりはない。彼女がこの両構造体の近くにいるとは思えない。おそらく後方にいて、遠くから攻撃を指令しているのだろう」

活発なざわめきが起こった。ティフラーはさらに、両ツナミ艦が作製した一連の映像をうつしだし、コンピュータ音声による短いコメントをつけた。最後に討論がはじまる。

背の高い男が進みでた。ティフラーはそれが、ハンザ・スポークスマンのティンブー・オノアクウェだとわかった。

「それで、どうするのです、首席テラナー？」と、かれがたずねた。

「わたしが形式的な戦略をしめすことを期待しているのか、ティンブー？」と、ティフラー。「だったら、期待にそうことはできない。なにもないのだ。敵に打ち勝つことはできないらしい。地球と月が時間ダムの後方にかくれていられることと、ヴィシュナが偽の地球と偽の月で満足することを、信じるよりほかにない」

「それがすべてですか？」アフロテラナーは落胆して訊きなおす。

「すべてではない、ティンブー。第三艦隊所属の女艦長に、両構造体への攻撃命令を出した。ひとつの実験だ。敵の強さを調べたい。いままでの観測からは、われわれが成果をおさめる可能性はすくないがね。したがって、攻撃にはロボット部隊だけが参戦することになっている」

＊

ヤーブロ・クロンは日曜以外の毎日、町に出かける。買い物をして、友人とおしゃべりするためだ。買い物は家で注文してすませることもできるが、かれは買うと決める前に、ステーキ肉は両面を見てトマトはかたさを調べるという、古いタイプの人間だ。さらに〝ハルの中央市場〟でコーヒーを二杯飲まないと、一日の価値が半減してしまう。

サンティーはのんびりした小都市だ。長距離幹線道路は町を大きく迂回しているし、とりたてていうほどの産業もない。ここ数世紀、居住者数も停滞している。倒壊の危険がある建物がとりこわされると、その場所には、それまでと瓜ふたつのものが建てられる。サンティーによそ者がくるとに……住人たちがよろこんでいることに、よそ者がくることはめったにないが……二十一世紀前半にタイムスリップしたような気になるのだった。

この日、ヤーブロは得意げに話したいことがあった。おかしいほどちいさい太陽についてはそれほど気にならず、愛犬ボーフォルの不機嫌な態度もどうでもよかった。昔の雑貨店のように内装された〝ハルの中央市場〟に足を踏み入れ、いつもの場所にすわり、一杯めのコーヒーを待つ。ボーフォルはテーブルの下で居心地よさそうにしていた。二分もたたないうちに、コーヒーだけでなく、ヴェンとルーカスもやってくる。ふたりはヤーブロと同様、百五十歳代だ。ヤーブロはもう四十年以上、かれらと平日午後のおしゃべりをしなかった日はない。

「なにか変わったことは、ヤーブロ?」ヴェンがいつものようにたずねる。ゆっくりした動きで席につき、ボーフォルをすこし横に押しやった。

これがヤーブロにとってきっかけになった。

「息子が元気でいる」と、いって、コーヒーをすすった。「きのう地球にきたんだ」

「なんだって?」ルーカスが驚く。「もうだれも入ってこられないと思っていたが」

「ツナミだけは、それができる」ヤーブロが説明した。「一秒から二秒の相対未来に飛べる艦だからな。ナイジェルは《ツナミ80》に乗っているんだ。重要な使命を帯びている。それについては説明しなかったがね。秘密なんだと思う」

「かれと話ができたのかい？」

「再出発する前に連絡してきたよ」

「外の状況はどうなのだ？」と、ヴェンが訊いた。

「それについてもいわなかった」ヤーブロの顔はすこし不機嫌になる。「でも、あまり自信ありげではなかったな」

一分ほど会話がとぎれ、みな考えに浸り、コーヒーを飲んだ。ルーカスが口火を切る。

「一秒から二秒の未来というと、われわれの状況と同じだろう？　時間ダムが地球と月をすこし未来に送るという話だからな。わたしにはまったく想像できんよ、ヤーブロ。きみならよくわかるだろう。奥さんがプシ・トラストにいるのだから」

ヤーブロは首を振って否定する。

「だからといって、わたしが突如、天才になったわけではないからな」と、受け流す。

「わたしもわからないのでヴェリアに訊いたんだが、それでわかった感じもしない。ヴェリアによると、一秒か二秒の未来というのは、たんに想像力を助けるための表現らしい。時間ダムが構築されて以来、われわれは実際にはべつの宇宙にいるというのだ。本来の宇宙はダムの向こうのどこかにあり、われわれはここ、自分たちの微小宇宙にいるのだと。ヴェリアがいうには、このふたつの宇宙がどれほどはなれているか表現する方法はたくさんあるそうで、そのひとつが時間だ。べつのもっと正確な方法は……なんてこった、名前を忘れてしまった……そうそう、ストレンジネスだ。そういってもだれもわからないから、秒を使うらしい」

そのあいだに二杯めのコーヒーが出された。

「べつの宇宙……」ルーカスが首を振りながらつぶやく。「それを想像しろというのか！　ブッバの予言が正しいのではないかと、よく思うことがある」

その言葉が聞こえたかのように、戸が開いて、ブッバが入ってきた。図体の大きな百八十歳の男で、幅も身丈ほどあり、黒檀のように黒い。このちいさい自治体では、かれの意見は重要だ。ブッバはもと行政職で……かつては〝市長〟と呼ばれた……伝道師であり、警察官であり、マリオン湖で釣った魚をたくさんの家庭にもたらす配達人でもある。南北戦争の折、アメリカ南部連合軍の軍服を着た数すくない黒人の子孫であることを誇りに思っている。この主張の証拠はまだあるようだ。

ブッバは釣り竿、餌《えさ》箱、釣り針などを外のテラスに置き、うめいて息を切らしながら、店主のハルが急いで用意した椅子に無理やりすわりこんだ。

「運がなかった」と、嘆く。「早朝四時から外の湖畔にいたんだ。四時と六時のあいだがふつうはいちばん食いつくのだがね。星が見えなくなってから、魚がかくれてしまったようだ。世界の終わりだよ。神の領分に手出しをするという罪をおかしてしまったのだ。新しい宇宙をつくるなど、どうかしたのではないか？　なにか起こってもすこしも不思議では……」

ヤーブロはいたたまれなくなった。

「愚痴ばかり、やめろよ！」と、抗議する。「ヴェリアがいっていた。あんたは釣りのことはよくわかっていても、予言者じゃないと」

ヴェンが甲高い声で笑った。ブッバはゆっくりと首を振る。

「ヴェリアがそういったのか。彼女は頭がいい。われわれがさんざん悩んでしまうようなことも理解できる。だが、われわれが神を冒瀆《ぼうとく》していると思っていないのなら……」

ヤーブロはカップの中身を飲み干すと、椅子を引き、立ちあがった。

「ボーフォル、おいで、買い物に行こう」と、いった。「午後これほど早くから、不快な一日をすごしたくないからな」

*

テラナーの進撃にヴィシュナは驚かされた。宇宙船のようなちいさい物体を一時的に通常宇宙から脱出させ、特殊な微小宇宙に入れこむ技術を、敵が持っているとは知らなかった。テラナーの宇宙船二隻がクロングヘイムの外部領域に侵入したことは、それ以外には説明できない。アルファ・プログラマーでの制御によって、クロングは運よくすばやく反応できた。侵入者はなんの損害もあたえられなかったし、情報収集のためにきたのであれば、その成果はほとんどない。

変節者ヴィシュナはスリマヴォとゲシールの記憶を探るが、この行動に必要な技術を説明するようなデータはどこにも見つからなかった。おそらく、かつて具象の姿だった時期には、そのような情報に遭遇しなかったのだ。

この展開は脅威的というわけではない。予想しなかっただけだ。作戦を変更する理由はない。ヴィシュナはヴィールス・インペリウムにコンタクトした。コスモクラートの指令でヴィールス研究者がつくりあげ、使用開始寸前に彼女が奪いとった巨大なコンピュータ複合体だ。この宇宙の外の安全な場所にかくしてあり、ヴィシュナだけが作動させられる。コンタクトに時間のロスはない。ある宙域に自分の小型宇宙船で行けば、そこからヴィールス・インペリウムのかくれ場に直接つながる。

彼女の質問に対する回答は満足のいくものだった。テラナーはクロングヘイムとパルスフォンにコンタクトをとろうと試みたらしい。テラナーのメンタリティにぴったりだ。脅威にさらされていると感じながらも、まずは意思疎通をためしている。この試みは失敗し、クロングヘイムとパルスフォンは反応しなかった。次に敵は、攻撃者についてのみデータを集めようとした。パルスフォンは閉鎖した球体で、エアロックを通っての内部に到達できるため、閉めだされた。次の選択はクロングヘイムで、開いた格子構造なので通り抜けることができたが、進撃がうまくいったのはほんの一部だ。テラナーは、宇宙船二隻を失わなかったことが幸運だったと自讃しなければならない。

パルスフォンとクロングヘイムの状況は安定していた。このことはヴィシュナには特別な意味がある。はじめてこのシャット＝アルマロングの二ファミリー、クロングとパルスフに出会ったとき、両者ははげしく敵対していた。すべてのシャット＝アルマロングが持つポジトロン性の目標によって、根本のところでは連帯しているにもかかわらず、常時あつれきがあって、たがいを出し抜こうとしていたのだ……その目標とは、自分たちの存在に唯一の意味をあたえる〝主君〟を見つけるというものである。

ヴィシュナはアルファ・プログラマーのおかげでクロングとパルスフの女主君と認識され、〝完璧形〟と呼ばれることになった。両ファミリーのロボットすべてが彼女を認めた。この承認はあとになってもその効力を保持し、ヴィシュナがすぐに命令をあたえたとき、新しい下僕たちは熱狂した……もし、熱狂という表現をロボットにも使えるならだが。ヴィシュナの命令は、惑星テラを破壊してその住人を奴隷にすることだった。

計画の実行中、何度となくヴィシュナが心配する未知要素が、ただひとつあった。この命令は、クロングとパルスフが争いを忘れるに充分な共通の目標になるのかということだ。完璧形からあたえられた命令を、たがいに争わずに遂行できるだろうか？　ヴィールス・インペリウムはこの問いかけに肯定的な回答を出した。パルスフとクロングは敵対心を忘れ、アルファ・プログラマーの影響下で、ヴィシュナのあたえた目標にのみ集中して従事している。

さて、テラナーは？　次になにをしてくるだろう？　それについても巨大コンピュータ複合体はわかっていた。ヴィールス・インペリウムは次のように表現した。

〝テラナーは一連の調査をしつくした。のこるのは対決行動のみ。クロングヘイムとパルスフォンを攻撃するだろう。数時間以内に攻撃が予想される〟

4

破局的敗北をあらわす〝カンナエ〟という言葉が、いやおうなく意識に浮かんだ。

人類の歴史のなかで、テラナーの宇宙艦隊がこれほど潰滅的に敗北したことはなかった。第三艦隊の小隊ふたつは、砲熕《ほうこう》兵器や放射兵器にひそむ圧倒的な火力を誇りつつ、進攻したもの。大型宇宙船が数百隻、より小型の宇宙船が数千隻、二十光分の距離から砲撃をはじめた。らせん状のハイパーエネルギー・フィールドから超光速で放出されたトランスフォーム爆弾が、接近してくる巨大構造体に襲いかかった。時空が震動する。何千もの人工太陽が宇宙空間を耐えがたい明るさでみたし、星系十個ほどの規模のものを消滅させるエネルギーを持つ、青白い炎からなる巨大なカーテンが形成された。奇妙なかたちの砲口から、一発また一発とトランスフォーム爆弾が飛んでいく。その砲撃は非常にはげしかったので、敵にもっとも接近していた宇宙船内では、のちにクロノメーターを数秒進ませなければならなかった。なぜなら、爆発の猛威で時空が衝撃を受け、時間の流れが一時的に乱れたからだ。

テラナーはさらに前進した。炎のカーテンと砲撃とで、敵の巨大構造体にひどい打撃をあたえたと思いこんだのだ。しかし、炎が消えて、カーテンが飛び去ると、敵はまたあらわれた。鋭い棘や槍のついた巨大球体も、菱形の格子構造も、予想に反して損害のあともなく、氷のようなグリーンに輝く透明なカバーにつつまれている。それを目にしたとき、テラナー部隊の艦船内では、何人もが心臓がとまりそうな思いをした。

そのうちに距離が詰まってきて、大型熱線兵器や分子破壊砲を使用することができるようになる。小隊ふたつをひきいるトル・シグバンは砲撃命令を出した。どぎつく光る熱線兵器のエネルギー軌道と、分子破壊砲の色あせたグリーンの揺らめきが、敵方に突き刺さる。命中したところはアイスグリーンの防御バリアが一時的に輝いたものの、それが唯一の反応だった。敵方の防衛システムは、これまでに地球の技術がつくりだした最高性能の致死的兵器を、まるで発電実験の弱電流のようにあつかった。数分後、こんどは敵が砲撃をはじめた。心理的モチベーションに関しては、相手の手法に負けたようだ。敵はまず、自分たちの防衛力に対してテラナーが太刀《たち》打《う》ちできないことをしめした。そしていま、かれらの攻撃力がテラナーのそれとは比較にならないことを見せつけたのである。

トル・シグバンの戦闘理論のもとになるのは、両ツナミ艦がもたらしたわずかなデータだけだ。数秒後には、敵の兵器の射程距離を短く評価しすぎていたのが明らかになる。

この誤りは高くついた。シグバンは宇宙船三隻とそのロボット要員千百体を失ったのだ。アコン艦の一隻は、前に進みすぎていたため、恐ろしい灼熱の球体に変わった。シグバンは即刻撤退の命令をくだす。テラとアコンの艦船は回頭したが、その最中も、指示されていた作戦をつづける。トランスフォーム爆弾による第二の集中砲撃が、太陽へ向かって一心不乱に突進するふたつの宇宙怪物めがけて発射された。敵になんの害もあたえられないとわかっていたが、それは本来の使命ではない。敵の探知システムを混乱させて、第二の攻撃をになうロボット船ができるかぎり気づかれずに接近できるようにすることが狙いだ。

この第二の攻撃に期待をよせていた者がいるとすれば、すぐにひどく落胆することになった。トランスフォーム爆弾の灼熱のカーテンは、敵の探知機になんの影響もあたえなかったのだ。敵は前進してくるロボット連合軍をなんなく確認し、潰滅的砲火を浴びせた。八十パーセントの艦船は飛来中に破壊され、のこりはアイスグリーンの防御バリアに衝突したさいに燃えつきた。

そのあいだに、テラ艦隊の逃走部隊は相対速度に達すると、ハイパー空間に消え去り、太陽まで数光時のポジションにふたたびあらわれた。人類の故郷星系のまわりでは、かたく輪が閉じている。宇宙の深淵から冷酷な怪物ふたつがテラの中心を襲ってくるというのに、人間の知っているどのような武器も手出しができない。ツナミが時間ダムを突破して帰還したあと、ＬＦＴと宇宙ハンザの庁舎にある会議室で、カタストロフィに終わった戦闘の探知記録および映像記録をはじめて見た責任者たちの心に、恐ろしさと不安がしみこんでいった。

時間ダムが効果なく、ヴィシュナがトリックを見破ったら、すべておしまいだ。人類は貴重なものを守るため、超越知性体〝それ〟の勧告にしたがって、このトリックを施したのだが。

ツナミ艦四隻はもと惑星だった冥王星の軌道で再物質化した。敗北した戦いの残酷な場面がだれの目にもはっきりと浮かんでいる。リド・ナルボンヌは黙って操縦コンソールを見つめた。燃えつきた気がする。理性はもう機能せず、考えをまとめることができない。この瞬間ほど、孤独で寂しく、役たたずだと感じたことはかつてなかった。

横でうるさい騒音がしたので、顔を向ける。サシャ・インがシートに前かがみにすわって顔を手でおおい、からだを震わせてむせび泣いていた。

＊

《ツナミ８２》の司令室は暗闇だった。あちこち、ちいさなコントロール・ランプがかすかに鈍い光をはなち、それに目が慣れるにつれ、完全な暗闇とは感じられなくなる。

リド・ナルボンヌは最初の監視当番を引き受けた。それも自由意志で。いつものようにサシャが押しつける必要もなかった。じっとしていられない。昼間のカタストロフィの記憶がかれを不安でいっぱいにする。眠ることなどできないだろう。この時間、キャビンで寝返りを打っているのこりの乗員四十一人はいったいどうなのだろうと考える。

光学スクリーンのスイッチを切った。思いだすかぎりではじめて、星々に満ちた宇宙空間の光景に嫌悪感をいだいた。探知機がひとつだけ機能し、敵の宇宙怪物の輪郭をぼんやりうつしている。リドはシートの向きを変えて、それを見なくてすむようにした。なにか異変があれば、コンピュータが早めに警告するだろう。

暗闇のなかでハッチが開くときの、低く鈍い滑るような音がした。明るく光る四角形の開口部に、痩せた背の高い姿がくっきり浮かびあがる。

「だれかいるか?」ジェフロモ・サーゲンダッシュの低い声が響きわたった。

リドは黙っていたかった。いまだれにも会いたくない。だが、ジェフロモはしつこい。自分を見つけるまであきらめないだろう。それに、この大木のようなココ判読者は、今夜の孤独のじゃまをする者のなかでは、いちばん耐えられる存在かもしれない。あまり話をしないから。

「入っていいよ。ドアを閉めてくれ」リドは不平そうにいう。「そこにすわって、じゃまをしないでほしい」

ジェフロモはいわれたとおり入ってきた。ハッチが閉まる。長身の男は暗くて方向がわからないらしく、機器類にぶつかって騒がしい音をたてた。

「すまない」なかば怒り、なかばとまどいながら、ぶつぶついった。

リドは相手がシートにすわったように聞こえた。数分間、深い沈黙が場をつつむ。

「なぜ照明をつけない？」ジェフロモが突然いう。「明るいのが恐いのか？」

「ばかな。暗いのが好きなのさ」

「暗闇は憂鬱な者の友だ」ジェフロモが弁じる。

リドはいくぶんからだをそちらに向けて、

「ジェフロ、よく聞けよ」と、怒りながら話す。「あんたをここに入らせたのは、好ましいことに、あんたが寡黙な男だからだ。話し相手がほしいというのなら……」

「きみを元気づけたかったのさ」ジェフロモは気にせず、そこに口をさしはさんだ。

「つまり、われわれは全員、無駄にしょげているわけだ」

リドは最後まで文句をいいおわることなく、ジェフロモの言葉に耳をかたむけた。

「無駄に？」と、くりかえす。

「そのとおり。無駄にしょげている」

「だれがそんなことをいったのだ？」

「ジャスミンだ」

リドはこれに心を動かされた。ツナミ艦隊のコントラ・コンピュータのことをはじめて聞いた者は、すぐにこれを常軌を逸した論理家の空想だと感じるだろう。コントラ・コンピュータは主コンピュータに対抗し、相手の視点に反論を唱える〝悪魔の代弁者〟として機能する。それにより、どのような実際の価値が得られるのだろうか？　リドがはじめてツナミ艦乗員のポストに応募しようと思ったときも、それ以外に感じなかった。

しかし、五十回におよぶ実践任務が……時間転輸機《てんてつき》によるセト＝アポフィスの攻撃以来、実際の出撃は必要なかったため、ほとんどは作戦演習だったが……リドにその誤りを悟らせた。コントラ・コンピュータが、艦載コンピュータの〝そのままの〟論理の誤りをしめしたのだ。リドは、ココの関与なしには見すごしたかもしれない危機をたびたび発見した。とくに《ツナミ８２》の場合は、さらに考慮すべき点がつけくわわっている。ジェフロモ・サーゲンダッシュは生粋《きっすい》のココ専門家だ。ココとある種の個人的な関係ができあがったと主張している。８２のコントラ・コンピュータはかれにとって、仕事で使う道具であるだけでなく、あらゆる人生の疑問に対する助言者でもあるのだ。ジェフロモがどれほどまじめにそういっているのかは、有利な転勤や昇給を、〝自分の〟ジャスミンのそばにいたいという理由で断ったことからもわかる。

「早くいってくれ」リドは長身の男にうながす。「ジャスミンは今回なにをひねりだしたのだ？」

「ジャスミンはある意味、逆カタストロフィ理論を研究しているんだ」と、ジェフロモが乗り気で回答した。「知っているか？」

「ふつうの理論はね」と、リド。「逆は知らない」

「つまり……ジャスミンはヴィシュナの視点から考察するのだ。ヴィシュナから見れば、すべてうまくいっていて失敗はまったくないように見える。怪物構造体は両方ともテラナーよりはるかにすぐれている。テラナー側にまだのこっている反撃は、のちの作戦のなりゆきには些細《ささい》なものだ」

ジェフロモがすこし間をあけると、リドがつぶやく。

「まったくそのとおり。だから、わたしは暗闇にすわって、くよくよしているのさ」

「それは思考の誤りだ」ジェフロモがいう。「百パーセント完璧な作戦などない。ヴィシュナは確信していても、なにかを見落としている。彼女の戦略にも欠点があるのだ。その欠点が影響する可能性は、彼女の計画がだれにも妨げられずに進行していくほど大きくなる」

「偽の地球に関連することだけだろう」と、リド。

「いや、そうではない。この点ではきみを失望させてしまうが、ジャスミンは、ヴィシュナを偽の地球でそれほど長くだますことはできないという意見だ。われわれの救済はまったくべつのほうからくる」

「どこから？」リドは驚いてたずねる。

「それはわからない。なにか偶然に見落とした些細なことが、ヴィシュナをおとしいれるだろう。ジャスミンはそれ以上いわないのだ」

リドはまたシートに深くもたれかかり、からだの前で両手を合わせた。暗い天井を見あげ、ため息をつく。

「ジェフロ、わたしはね」長いあいだ考えてからいう。「本当はあんたに腹をたてていいはずなんだ。ここに入ってきて安静を妨げ、どう解釈していいかわからないことを長いことしゃべりまくったのだから。でも、話を聞いているうちに、すこし気分がよくなった。あんたのジャスミンのいうのが正しくて、地球がまだ存在するあいだに救済がくることを望むばかりだ」

「よかった」すこしよろこびを感じる低い声でジェフロモは答えた。「すくなくとも、わたしにそれができたのだったら……」

そのとき、ふたつのことが同時に起こった。探知機がかすかな音で警報を鳴らし、ハイパーカムが目ざめたのだ。人間の声に調整されたコンピュータ音声が説明する。

「全艦インターカムですべての者に連絡します。敵方の両部隊が消滅しはじめました」

＊

「すごい、ジェフロ！」リド・ナルボンヌは歓喜の声をあげる。「これほど早く！」

「違う、違う」長身のココ判読者はぎこちなく否定する。「このことではない。よく聞けよ。ジャスミンのいった状況とはまったく違う……」

だが、リドをおちつかせることはできない。かれは探知映像で、両方の怪物構造体の輪郭から薄片のようなものが剝がれるのを見ていた。見るかぎり、目標なくあらゆる方向に漂っていく。これはなにを意味するのだろうか？　戦いが終わって半日たったあと、テラ連合艦隊のはげしい攻撃が、ようやくその効果をあらわしたのだろうか？　巨大な構造体はふたつとも、トランスフォーム爆弾の殺戮的エネルギーを無力化しようと内部にとりこみ……そのエネルギーが許容量を超えたと、いまわかったのではないか？

《ツナミ82》の司令室は明るく照らされた。耳をつんざく警報がデッキ通廊に響きわたる。就寝から起こされた男女乗員が自分の持ち場に急ぐ。サシャ・インが興奮で顔をゆがめながら司令室に飛びこんできた。

「いったいなにが起こったのよ？」と、叫ぶ。

ジェフロモ・サーゲンダッシュはその機会をとらえて、こっそりと遠ざかる。持ち場のコンピュータ室で静寂に浸りたいのだ。

「怪物ふたつが崩壊しています」リドは、怒った艦長の質問に熱狂して答える。「見てください！」

このあいだにまたスイッチの入った探知スクリーンを指さした。棘のある球体と菱形格子の両方の輪郭から、薄片が舞っている。サシャは怒りを忘れて、夢が実現したかのように映像を見つめた。しかし、リドの目は鋭くなった。薄片はいまも両方の飛行物体から剝がれているというのに、この二分間、宇宙空間のなかでその数は増加していない。どこに消えてしまったのだ？　隣接宙域の探知映像に目を向ける。最初に巨大な輪郭から剝げ落ちた部分の痕跡は、どこにも見られない。すでにかなり遠くまで浮遊していったはずなのだが。

　大げさな熱狂は強く勢いをそがれた。リドはジェフロモを探す。先ほどまでなにかいっていたはずだが、それがどんなことだったか思いだせない。興奮で自制できなかったのだ。ちゃんと聞けばよかった。だが、ココ判読者は立ち去ってしまった。

「なにか変だわ」はじめからリドよりも客観的に探知映像を観察していたサシャが気づいた。「この破片はどこに消えていくのだろう？」

　リドが映像をくわしく見る。

「わたしには……わかりません」と、いう。

　薄片のひとつがはげしい稲妻のなかに消えたのを見た。その瞬間、コンピュータ音声が報じる。

「遅れてきた勝利に期待をよせたすべての乗員に告げます。そうではなく、この解体は敵が計画したものです。両方の飛行物体から剝がれた部分は、次々とハイパー空間に消え去り、いくつかはすでに太陽系内で物質化しました。あらたな戦闘段階に入ったのです。ただちに警戒態勢を。最前線の撤退を準備してください。トル・シグバンがすぐそれについて伝えます」

サシャがリドを凝視した。

「あなたの大げさな楽天主義が、もうすこしでわたしにもうつるところだった」と、いらだっていう。

リドは困惑して両手を振り、なんとか言い訳しようとした。だが、思いついたのはひと言だけだった。

「ジェフロのせいです」

＊

トル・シグバンは長く待たせなかった。第三艦隊・第一小隊が現在ポジションにとどまることはできない。さらに、太陽系内の防御をになう第一艦隊が緊急に支援を必要としていた。このあいだに、未知巨大構造体から剥がれた数千もの破片が天王星の軌道にあらわれたのだ。まだ衝突は起こっていないが、シグバンの考えではそれも時間の問題だ。

第一小隊は後退させられた。太陽から十六億キロメートルはなれた新しいポジションである。シグバンは艦隊司令官の決定を待った。このあらたな展開は有利かもしれない。巨大構造体には手こずったが、大きさ一万キロメートルくらいの破片なら、おそらくあつかいやすいだろう。第三艦隊の司令官エルザ・ティボルが同様に考えることを期待した。

やがて、第一艦隊が動きだした。緊急任務を引き受け、太陽にさらに近づく。つまり、水星から火星までの太陽系内惑星の防衛だ。五つある小隊のひとつは、地球がある比較的せまい宙域を担当する。ほんものではなく、〝それ〟の使者エルンスト・エラートの協力でできた偽の惑星で、テラナー発祥の地である世界を最後まで守り抜く決意をしていることを敵にしめすものだ。それ以外にも、第一艦隊が大多数の部隊をテラ＝ルナ宙域に集中させているのは、敵が疑念を起こして、時間ダムの後方にかくれているほんものの地球を探そうとしないようにするためでもある。

偽の地球と偽の月は、太陽の反対側……つまり、ほんものの地球から太陽を通っていく線が地球の軌道と交差するポジションにある。すべて詳細にいたるまで、ほんもののようにつくられている。ただ人類がいないというだけだ。ヴィシュナが偵察隊を送りだしたら、住人が避難したあとのテラ＝ルナ系を見ることになる。火星も金星も無人となっているので、ヴィシュナがそれに驚くことはないだろう。のこりの惑星と衛星には、防御のための施設のみが存在する。

むろん、おかしな点もあった。いままでなにもなかったポジションに偽の地球と月を置いたため、ほんものの地球と月が姿を消す事態と合わせて、太陽系内に重力力学的攪《かく》乱《らん》が引き起こされたのだ。水星、金星、火星の軌道がすこしずれた。もちろんこのずれは、憎しみと復讐心に満ちたヴィシュナが見落とすだろうと期待できるくらいわずかなものだったが。ほかの惑星に対してテラがＮＧＺ四二六年の九月にはどの位置にあるか、ヴィシュナがわかっているかどうかは不明だ。インディアン・サマーの時期のニューヨークに、冬の終わりの雪が舞っているのに気づくかもしれない。しかし、この点は、戦略構想においてはたいして重要ではない。ヴィシュナは人間を超える能力を持つものの、単独行動者にすぎず、この複雑な計画についてすべて把握しているとは考えられないからだ。この敵がすくなくともわずかな一部分を見逃すと想定できなければ、テラの防衛などはじめから意味がなくなる。

そのような考えに、宇宙艦内の人々はここ数日、没頭していた。７９から８２までのツナミ艦乗員もまた同様だった……とはいえ、一時間ほど前に、よろこびで満たされるような特命がおりたのだが。土星の大型衛星タイタンの基地に向かい、そこにとうぶんのあいだ駐留するよういわれたのだ。タイタンはたしかに、幾重にも強化された防衛基地にすぎない。だが、三週間ものあいだずっと宇宙空間ですごしてきた男女乗員にとっては、文明の技巧をつくした最高の場所に思えたのだ。それに相応して歓喜も大きかった。

＊

ヴェリア・デイヴィスは心配だった。たえず緊張している自分自身を感じ、出会うほかの人々の緊張感にも気づいている。思考タンクにいないときでさえ、不安をぬぐうことはできない。

時間ダムは持ちこたえられるのか？　ヴィシュナはだまされるのか？

未知の怪物構造体があらわれて以来、ダムの構造通廊はふさがれた。地球がまだ外界から得られる情報は、ツナミ艦からのものだけだ。

この日、ふたたびヴェリアはストロンカー・キーンと交代した。いつもの挨拶をかわし、キーンは行きかけたが、ヴェリアは引きとめた。

「プシオニカーたちが精神虚脱状態になっているのは、あなたもよくわかっているはずでしょう」と、数分前に思っていたよりもっと断固とした気持ちでいった。「なにもはっきりしなくて、みな沈んでいる。わたしたちの努力にまだ意味があるのか、わからないの」

ストロンカー・キーンの四角い顔から、会話のときにつくる儀礼的なほほえみが消えた。突然、何歳か年をとったように見える。

かしら」

「わかっている」と、うなずく。「どうすればいいというのかね？」

「ツナミが外から持ってくる情報を、プシ・トラストは知らないほうがいいのではないかしら」

キーンは表情を変えない。

「だれでもそう考える」と、いった。「首席テラナーも、ハンザ・スポークスマンも、きみも……そして、わたしも。ただ現実は、われわれが自由社会に生きているということだ。だれにでも、できるかぎり知る権利がある。どうやって、プシ・トラストだけに情報規制をしろというんだ？　一分後には人権連合や情報の自由をもとめる団体、人道主義団体、その他の会の弁護士たちにわずらわされるにきまっている。いいかい？　もしもその件を裁判に持ちこまれたら、向こうの勝利だ！」

ヴェリアの表情が曇る。

「基本的人権のひとつを一時的に放棄するつもりがないから、わたしたちは破滅するわけ？」と、たずねる。

「さしあたり」キーンは当惑したように、つづける。「人類の破滅ではなく、プシオニカーの精神虚脱状態について話そう。だが……きみのいうとおりかもしれないな。われわれ、それが究極の運命であっても、基本的人権を放棄するより破滅するほうを選ぶのかもしれない」

ヴェリアは怒りをおさえられなくなっている。

「その態度が理性的なの？」と、怒って叫ぶ。

キーンは首を振った。大きな目には悲しみがあらわれていた。

「違う。ただ、この態度の唯一の利点は、それが人類を成長させたということだ。こうした立場をとらなければ、われわれはとっくに奴隷となっていた」

＊

そのあいだにも、ヴィシュナは自分の計画を遂行していた。

調査隊の派遣はヴィールス・インペリウムの助言によるものだった。テラナーの星系についての知識があまりにもすくなかったからだ。クロングヘイムとパルスフォンは一時的にべつの宇宙に移動できたが、これら巨大構造体の進撃は大コンピュータ複合体に懸念をいだかせることにもなった。敵がまだ予測できないどのような防御の可能性を持っているか、だれが知っているというのだ？　惑星テラを太陽系から切りはなす作戦には、かなりの精密さが要求される。パルスフォンとクロングヘイムの現在ポジションから得られるデータより、もっと信頼性のあるデータが必要だ……と。

ヴィシュナはクロングとパルスフの制御部に、調査隊を送る命令を出した。それゆえクロングヘイムとパルスフォンが解体しはじめたのだ。すくなくとも外側からはそう見えた。だが、実際には全体のほんのわずかな部分を失ったにすぎない。テラナーにとっては、巨大構造体から剝がれたものがとほうもなく大きく見えたかもしれないが、実際にはパルスフォンとクロングヘイムは全体の千分の一パーセントほどを失っただけだ。同時に、太陽系の内側を何千もの断片で埋めつくした。そのなかにはまた、何千ものクロングやパルスフが乗りこんでいる。

パルスフの乗る断片は、パルスフォンの球体から出ている棘や突出部分だ。球体自体はその場にのこっている。この球体は、断片を独立した宇宙船として操縦できるように特殊化するのには適していない。この点で、クロングヘイムの格子組織のほうが柔軟性がある。どの部分も……すくなくとも制御装置がひとつあれば……解体できて、完全に出動可能な宇宙船となる。

クロングとパルスフが送信してきた最初の観察資料にヴィシュナは驚いた。スリマヴォとゲシールの姿だった時期の記憶……付随的あるいは表面的な記憶ではないし、量も多く、意識のなかにしっかりと固定されている……にあるものは、自分が見ている資料と一致しないのだ。最後にテラに行ったときから、なにかが変わっている。ゆっくり、自然のリズムでというわけでなく、自然によるものではないなにかの影響で突然に変わったということ。

それがなんであるか、すぐには気がつかなかった。クロングとパルスフに注意深くいるよう命じ、この星系でかなり最近に起こった、ふつうの自然現象とは一致しないエネルギー性活動をしめすようなものに、どのような些細なことでも留意するよう指示した。というのも、この変化を起こすには相当なエネルギーを消費したはずだからだ。この変化をヴィシュナは予想したが、なんであるかはわからなかった。

調査隊のいくつかは、テラ＝ルナ系にかなり近づき、詳細な観察をした。テラとその衛星のようすはヴィシュナがおぼえているとおりだが、人類はどこにもいないという。驚くに値《あたい》しない。ヴィールス・インペリウムを盗みとったとき、ヴィシュナははっきりとテラナーを脅迫したのだ。人類は一時期、そのような脅しを本気にとることはないという意見だったが、状況を見てそれが誤りだったと悟ったのだろう。変節した女コスモクラートの力にはおよばないと、はじめからわかっていたのだ。だから後退した。テラナーはヴィシュナが認識していたより賢い。

それもかれらを奴隷とする理由のひとつとなる。大きな決定的戦闘となれば、テラナーを所有することは割にあうだろう。その戦闘により、ヴィシュナとコスモクラートたちのどちらがこれから物質の泉の彼岸を占有するかがわかるのだ。

それにしても、テラナーはどこに立ち去ったのか？　十億以上の人間を即座に避難させるなどできない。そのような試みの痕跡はのこるはずだ。それも探すよう、調査隊に命じた。そのあいだ、防衛者たちに息つくひまもあたえないことが重要だ。テラナーが絶望的な敗北を認めなければならなかった破局から十五時間がたっている。なにも起きない十五時間のあいだ、新しいポジションに集結して作戦を修正する機会を敵にあたえてしまった。これ以上、平穏にさせてはいけない。ヴィシュナは、自分の部隊に〝針刺し戦争〟を実行せよと命令をあたえる。大きな戦略はやめて、ちいさなすばやい突撃戦に出るのだ。可能性のあるところはどこにでも出撃させよう。

その準備の途中、パルスフォンからの報告が小型宇宙船にとどく。ハイパー空間から出現して以来、パルスフォンでもクロングヘイムでも、多数の観測所で、太陽系の惑星からの電磁インパルスを記録・分析しているというのだ。熱放射ではなく、おもに低周波のもので、高度に発達した技術の典型的な副産物だという。この分析は、テラナーが故郷星系で活動しているという情報の追加をヴィシュナにあたえた。放射源はいくつかある。最強の放射源は、疑いなくテラのものだ。

パルスフォンの報告では、テラからの放射が突然なくなったという。これ自体は驚くほどのことではなかった。テラの住民が避難させられたあと、そこからの通信がなくなったにちがいない。ただ奇妙なのは、すべてのコミュニケーションが突如とだえたことだ。最後の瞬間まで、まさにあわただしい交信が継続的につづけられていたのに、一秒後には皆無《かいむ》となったのだから。とはいえ、それにもおそらく説明がつくはずだ。ヴィシュナを興奮させたのは、まったくべつのことだった。

報告をもたらしたパルスフォンは現在、テラから二光日の距離にある。つまり、テラナーが避難を終えたのは二日前にすぎないということだ……とはいえ、これは、ついでにいいそえておく必要があるだけの確認だが。興味深いのは、熱によるものではない放射の、最後のなごりがくる方向だ。パルスフォンでは、テラの動きを二日間さかのぼって計算した。計算された地球の位置と、最後の低周波シグナルがきたポイントとは、極端な違いがある。なんと、数億キロメートルの差だ！

ヴィシュナは自分がなにを考えていたのかも忘れた。クロングヘイムとパルスフォンの地球からの距離は、通常光速放射を測定できるほどのものだ。ヴィシュナはすべての観測所に命令を出して、正確な方位探知をさせる。パルスフォンからきた報告を聞いて、変節者の意識のなかに疑いが生まれた。それは、クロングヘイムとパルスフォンがハイパー空間から出現するすこし前に、その機器がわずかな重力衝撃波を記録したという報告だった……

5

憂鬱な雰囲気のなかでも、土星の衛星タイタン地表の永久凍土の下方深くにある食堂では、声が高まっている。アルコール飲料が大量に消費されているのだ。だが、出入口には〝抗アルコール剤を注射しなければ退出できません〟という赤い発光文字が明滅し、それを強制すべく、医療ロボットが準備して立っている。ここで酔いしれた者はだれも、その酔いをベッドにまで持っていけない。抗アルコール剤は数秒で効力をあらわすからだ。

この食堂は、LFTがラール人の手先であった超重族から引き継いだ鋼要塞の一部である。当時、七種族の公会議による侵略のあいだはラール人がここをとりしきっていたが、いま食堂にいるほとんどは、タイタン基地の常任駐留者である。その集団とすこしはなれて、ツナミ艦の乗員たちもいくつかのテーブルについていた。トル・シグバンの命令で、アコン艦二隻もタイタンに停泊している。アコン人はツナミ艦の乗員といっしょにいた。ブルーの星系からきた者たちは、十二人。かれらは熱中して、ツナミ艦の者たちがすわったテーブルで展開する討論に参加している。飲料自動供給装置が、たえずグラスにおかわりを注《つ》いだ。

「ぜんぶ意味のないことだ」と、《ツナミ79》の一乗員が明言する。「敵は圧倒的にすぐれている。さっさと撤退して、遠くからことを見守るほうがよっぽどいい」

そのような敗北主義にサシャ・インは耐えられない。それまで沈黙して、ひたすら飲みつづけていたが、この言葉に返答せずにいられなかった。

「その見解だと、テラはどうなるの？」と、たずねる……危険なほど冷静だ、と、リド・ナルボンヌは気づいた。

《ツナミ79》の乗員は、どうでもいいというように、

「時間ダムにかくれていれば、だれも見つけられないでしょう」と、答える。

「あなたが敵の手中におさまらなければね」

「え？」相手は驚く。

「どのくらいのあいだ、自分が口をつぐんでいられると思う？　敵に捕らえられ、拷問されたら」と、サシャは訊く。「ま、一、二分ね。そしたら、あなたはとめどなくしゃべりはじめ、時間ダムについて知っていることをすべて打ち明けてしまう」

「侮辱するのはやめてください……」《ツナミ79》の乗員が怒っていいはじめたが、サシャは発言させせない。

「あなたのような悲観論者は、なんの害もおよぼせない後方基地に送り返すべきだわ」と、どなりつける。「ここにはべつの人間が必要よ」

「たとえばどんな人間です？」と、攻撃された男が訊く。

「アイデアのある人間」サシャは息巻く。「外では、明らかに太陽系を監視する以外なにも考えない何千もの断片が飛びまわっている。それにどうやって迫れるか、だれかが作戦を練らなければならない。本体の巨大構造体にくらべたら、容易に損害をあたえられるはず。だれもが脳みそを働かせて、ふたつか三つアイデアをひらめかせるときだわ。はじめからあきらめるような人からは、役にたつようなものを期待できないけど」

《ツナミ79》の乗員にはもともと、原理原則をめぐる討論をする意図などなかったので、沈黙して、飲み物のほうにあからさまに目を向けた。だが、サシャは自分の主張の説明をつづけた。熱血弁士であり、反論は難なくはねつける。討論に熱中するあまり、立ちあがり、椅子の上にのぼった。そのあとすぐ、歓喜した聴衆が彼女をテーブルの上に押しあげる。このとき食堂には男女三百人ほどがいたが、何分かたつと、全員がこの華奢《きやしや》な弁士に引きつけられて話を聞いていた。

リド・ナルボンヌは哲学的な内容には興味がない。サシャの声がさらに大きくなると、背を向けて、合成ワインを飲むのにいそしんだ。そのまま何分かすわって、静かに騒音をがまんしていると、横で声が聞こえる。

「彼女のいうことは、ほぼ正しい。ただ、おそらくひとつだけ間違っている」

リドはそのほうを向いた。知らないうちに、横のベンチにジェフロモ・サーゲンダッシュが無理やりすわりこんでいる。その長い顔はひどく心配そうだ。なにをしていいかわからないように、手のなかでグラスをまわしている。

「どの点で?」リドがたずねる。

「あの断片は太陽系を監視するためにここだけにいるといった」ジェフロモは答えると、ようやくひと口飲もうと決めたようだ。

「そうではないのか?」

ジェフロモは首を振って、説明した。

「ジャスミンの意見は違う。ヴィシュナから見れば、われわれを長いあいだほうっておくのは有害だ。状況を熟考して新しい作戦を展開するなどの可能性を、われわれにあたえることになるから」

「つまり、どうなるのだ?」

「じきに大変なことになる」と、簡潔な返答をする。

サシャの弁論が終わった。割れるような喝采が食堂に響きわたる。サシャの顔は輝き、熱狂で目も光っていた。リドは、からのグラスをテーブルに音をたてて置いた。

「もう逃げたほうがよさそうだ」と、いった。

＊

合成ワインのせいだろうか。警報が甲高く響いたとき、リドは自分がどこにいるのかすぐにはわからなかった。慣れた《ツナミ8 2》のキャビンではない。セラン防護服のかかったロッカーを見つけるのに一分も必要だった。そのあいだに、インターカムががなりたてる。

「敵の飛行物体がタイタンに接近中。全員、戦闘ポジションにつけ」

これほど早くジェフロのいったことが本当にならなくてもよかったのに、という思いが頭をかすめた。よろめきながら通廊に出て、明滅する方向指示をたよりに、タイタン地下格納庫への道を見つける。《ツナミ8 2》の司令室に入ったとき、のこりの乗員はすでに搭乗していた。サシャは猛烈に怒った目でリドを迎えた。

「あなたのような操縦士が敵方にいたら、攻撃するほうはなにも心配する必要がないわね！」と、どなりつける。

リドはシートにすわりこみ、ハーネスが自動的に締まるのを見た。艦載コンピュータが告げる。

「準備ができしだい出発し、操縦士の判断にしたがいます」

艦体が振動する。遠くから鈍い、うなるような音がきこえる。コンピュータがあらたに告げた音声には、緊急性を帯びて興奮した調子がうかがえた。

「タイタンが砲撃されています。全艦ただちに出発してください」

リドの制御コンソールが作動。光がきらめき、デジタル表示が明るくなる。

「発進」リドがいうと、フィールド・ジェネレーターがうなりをあげ、《ツナミ82》は上昇した。巨大なエアロック・ハッチが開く。リドの横では、サシャがのこる三隻のツナミ艦の艦長および艦載コンピュータとはげしい討論をかわしている。即興作戦においてはサシャにかなう者はいない。《ツナミ82》がまだ外側エアロック室にいるあいだに、だれがこの任務で四隻を指揮するかが決定した。

宇宙空間に光がひらめいた。大型兵器による爆裂が土星の衛星の地表をうがつ。サーモ砲のエネルギー放射が投光照明のように宇宙の暗闇を突き刺す。探知映像で、リドは敵の二隻を確認。大きいほうは典型的な菱形の格子構造で、全長は一万二千キロメートル。べつのほうは、その半分もなく、明らかに棘で補強された球体からのものだ。

「全ツナミに告ぐ」サシャが呼びかける。「79と80が球体、81と82が格子を引き受けること。79と81が陽動飛行し、80と82は可能なかぎりATG作動を遅らせる。どこかに弱点を見つけ、そこに充分に近づいたら、可能な武器をすべて使用せよ！」

オートパイロットが指令を聞きとり、格子へのコースをとった。最高加速し、息もつけないような速度でタイタンの荒涼とした地表から飛び去った。土星の衛星のはしに、さらなる探知リフレックスがあらわれる。タイタンの駐留部隊が次々に地下の格納庫から出発し、宇宙空間に進撃したのだ。これは艦隊の標準作戦である。貴重な宇宙船の保安を考えたら、鋼要塞の地下壕よりひろい宇宙で戦うほうがいい。現実として、敵が要塞の破壊に成功する場合も想定しなければならないからだ。

いまだ敵はタイタン地表の施設に注目している。最高加速で接近するツナミ艦四隻には気づかないようだ。それとも、気にすることでもないと思っているのだろうか、と、リドは考えた。サシャは必要な命令をすべてあたえ、沈黙している。リドは精神を集中し、オートパイロットが敵飛行物体のもつれた格子組織を抜けるコースを精力的に計算するのを監視した。

「わたしを見はなさないでくれよ、坊や」と、懇願する。

「ありえません」オートパイロットは答える。「われわれはすぐれた仕事をします」

「チャンスはどのくらいだ？」

「かなりあります。格子の平均幅は〇・一光秒、ベクトリングはほぼ直線。通り抜けられます」

リドがほっとひと息ついたとき、ハイパーカムを受信した。エネルギー障害によるさまざまな騒音のなかから、《ツナミ７９》艦長の声が聞こえる。

「われわれ、攻撃を持ちこたえている。いまのところ、バリアも問題ない。二十秒後にコース変更予定」

「80へ……標的をとらえたか？」サシャが急いで訊く。

「照準に入った！」だれかの高い声が叫ぶ。リドはにやりとした。この声はナイジェル・デイヴィスだ。「五秒後にATGを作動する。ジェロニモ……」

「リド、われわれはどのくらいはなれているの？」サシャが訊いた。

その瞬間、防御バリアが燃えあがった。格子構造が侵入者に気づいたのだろう。《ツナミ82》はすこし揺れただけだ。

「成功しました」と、リドが返答。

「81、撤退せよ」。ハイパーカムを通してサシャが命令する。「よけいなリスクは必要ない」

「81、コース変更」と、受信機から声がくる。

「リド……」サシャが合図した。

リドの手が赤いスイッチに置かれる。

「正しく計算してくれたことを願うぞ、坊や」と、短い祈りのようにいうと、スイッチを押した。

人間の目では追っていけないほど、すべてが速く進んだ。《ツナミ82》はATGフィールドから出て砲撃すると、明るい青色に光る格子糸の絡み合ったまったただなかにいた。リドは、格子の結び目のまわりをとりまく黒っぽい構造物や、最初の進撃のときから知っている袋状の〝巣〟をすばやく見た。

「第一から第四まで発射」低い声でサシャがいう。

トランスフォーム爆弾が発射されると、ツナミの艦体下方で雷のような音がとどろいた。起爆は最短時間に調整された。探知機がはげしい警報音を発する。《ツナミ82》のコースの目の前に〝巣〟のひとつがあらわれ、全砲台から攻撃してきた。防御バリアがすばやく消えていくまぶしい虹色の壁に変わった。全長二百メートルのツナミ艦が横倒しになり、荒れ狂う海のなかの小舟のように揺さぶられた。

閃光がバリア・フィールドの揺らめきをおおった。

「第一トランスフォーム爆弾、起爆しました」と、コンピュータ。

「ATG作動」サシャが感情なく命令する。

次の瞬間、《ツナミ82》は消え去った。十秒後、また出現。

リドは驚きのあまり息がとまりそうになった。宇宙空間に新しい恒星がふたつ、輝い

*

ている。そのまぶしい青白色の炎のもと、ソルは三流の星に格下げされてしまった。光があまりにも強烈なので、自動カメラが警報を発し、レンズの前にフィルターが押しだされる。この映像をどう解釈すべきか、リドにはまだはっきりしない。そのとき、警報や騒音のなかから、ハイパーカム受信機の甲高い声が聞こえた。

「うまくいったぞ。こんどは見せつけてやった！」

リドはようやくわかった。突如、安堵感が生まれる。数分前からの緊張があまりに勢いよく解けたので、意識が朦朧《もうろう》とした。自分の血が流れる音、心臓の打つ音が聞こえ、数秒間、目の前の光景が消えた。

荒々しいわめき声でわれに返る。ハイパーカムとインターカムの受信機からで、司令室のすみずみからハッチを通って聞こえてくる。サシャはハーネスをはずし、はねまわっている。跳びはね、踊る修道僧のように腕を振りまわした。リドは、朦朧とした意識をとりさるかのように手で額をぬぐい、シートに深くもたれかかった。

自分たちはやってのけた。襲撃者を両方とも破壊したのだ。信じられなかったことが現実となった。打ち勝てないと思っていた敵に、はじめて損害をあたえたのだ。タイタンへの襲撃を撃退した！

作戦が功を奏したということ。敵は、ＡＴＧフィールドにかくれて接近してくる飛行物体をかわすことができなかった。こちらが相手に最接近し、一連のトランスフォーム爆弾を用いて共通の標的を狙ったことで、それまで不可能と思われていた相手の防御バリアを打ち破ったのだ。無力という名の深淵に捕らえられたと思いこんでいた者たちが、はしゃぎ、踊り、わめきながら、そこから這いあがってくる。リド・ナルボンヌ自身は、よろこびを大声で表現するタイプではないが、ほかの人々のあふれる歓喜を堪能した。

だが、同時に疑問が意識にあがる。よろこぶ理由があるのか？　われわれは、相手の飛行物体二隻を破壊した。乗員はロボットだけだったと信じているが、それほどたしかなのか？　もし、ロボットのほかに数十万もの有機生物を殺害してしまったことがわかったら、この歓喜はひどく損なわれてしまうだろうか？　相手は結局、襲撃者なのだが……殺害したことで、良心の呵責《かしやく》にさいなまれるのか？

これについて熟考する時間はリドになかった。艦載コンピュータの報告がきたからだ。目下、司令室の騒音レベルがひどいことは承知しているので、コンピュータはよく通る声でこう報じた。

「両爆発領域で〝生存者〟が確認されました」

サシャ・インは、即座に陶酔の踊りを中断する。彼女がこれほど早く気分を変えられることが信じられない。

「生存者収容のための準備を！」命令が響きわたる。

生存者は収容されるのを拒み、逃走した。金属でできていて、二種類のタイプしかない。一種類はおそらく菱形格子からきたもので、もうひとつは棘球体のものだ。かれらの意志はひとつだけ。とにかく、自分たちの宇宙船が破壊された宙域からできるだけ早く遠ざかりたいらしい。

＊

ＡＴＧ搭載ツナミ艦二隻があとを追う。そのあいだ、《ツナミ79》と《ツナミ81》は、大きく弧を描きながら飛行し、追跡にくわわる。《ツナミ80》からナイジェル・デイヴィスが通信してきた。

「提案だが、拘束フィールドと牽引フィールドの組み合わせを使おう。こちらの探知表示では、あの金属物は冷覆バリアにつつまれていると読みとれる。まず、やつらを捕らえてから、バリアを無効にしなければならない」

「冷覆バリアとはなに？」サシャがたずねる。

「氷のようなグリーンのバリアのことです」と、ナイジェルが進んで説明する。

「その計画はなかなかいい」と、サシャ。「みんな、聞こえた？　四隻ぜんぶで半円形の前線をつくるのよ……」

逃走者にチャンスはなかった。拘束フィールドがかれらの動きをとめ、牽引フィールドがそのままツナミ艦内に連れこんだ。総勢三百八十四体の生存者を収容したが、みなロボットだった。どの艦内でも倉庫をからにして、フィールド・バリアで封鎖し、未知の機械存在が、逃亡したり、自己破壊したりできないようにした。

リドはインターカムで、捕虜を監視した。依然としてグリーンのフィールド・バリアにおおわれているが、バリアは透明で視線をじゃましない。これらのロボットは二種類の基本タイプに容易に分類されるものの、まぎれもない類似性がある……どちらも、同じ製造者が意識的に構想し、つくりだしたようだ。

ひとつのタイプは両端が尖った卵形で、《ツナミ80》と《ツナミ79》が最初の任務で映像を持ち帰った菱形格子の住人だ。体高は一・五メートルほどで、上から三分の一のところに把握手のついた動きやすい腕が二本ある。ボディの下からは、槍に似た支えが六本出ている。最初、リドは脚だと思ったが、そのあと、これが動かないのがわかった。停止のさいの支えとしてのみ使われている。この卵形ロボットは通常、浮遊して移動する。べつの移動方法は知らないようだ。ドーム状の突起が胴体のまんなかを輪のようにかこむ。金属体表面にレンズに似たものが数カ所と、からだの上端近くに窓のような一連の開口部がある。同じ高さくらいのところを、赤、青、黄に色を変えながら光る〝光輪〟のようなものがとりまき、卵の上端からは、なんとなくアンテナを思い起こさせる棒のようなものが二本、飛びだしている。

ふたつめの基本タイプは直径一・二メートルの球形で、触手のような把握腕が二本ついている。しかし、ひとつめのタイプのとは違い、それぞれ関節が三ついた蜘蛛の脚のようなものが六本ある。これを球体ロボットは移動に使っているが、菱形格子に住む親戚と同様、浮遊することもできる。このタイプでは、リングは球体の赤道のまわりより下を揺れており、ドーム形の突起は上極あたりにある。

観察のあいだ、それ以外にも、はじめに混乱させられたふたつの事実を確認した。まず、両ロボットタイプは明らかに音声言語を持っている。音は光輪から出て、低い耳ざわりな響きだ。この機械存在が本当に自立したふたつのロボット種族なのだとすれば、なぜ音声言語が必要なのか、説明がむずかしい。エレクトロン性、あるいはポジトロン性シグナルで意思疎通するほうが、確実に効率的なはずだが。

第二の事実は、はるかに驚くべきものだ。あまりにも奇妙なので、リドは最初、自分の目を信じられなかった。両ロボットタイプがたがいに争っているのだ！　それほど明白ではないが……というのも、アイスグリーンのバリアがあるため、たがいに損傷をあたえることができないのだ……小競《こぜ》り合いはつねにある。それは原則的に違うタイプのロボット同士の争いだった。リドはそのような衝突を十分間、観察したあと、確信を持った。

それをサシャに報告した。彼女はうなずいて、

「知らなければならないことがたくさんある」と、真剣にいう。「タイタンにもどろう。トル・シグバンに知らせないと。おそらくかれは、捕虜のロボットを即刻テラに連行するよう要求するでしょう」

敵はタイタンにさほど損害はくわえなかった。命中ビームはほとんど、テラ要塞の外だ。のこりは効力なく、フィールド・バリアに迎撃された。あとになってみれば、敵の攻撃は狙いすました作戦ではなく、妨害行動だったように思える。テラナーを不安にさせたかったというのが動機だろう。

サシャは小隊の司令本部に連絡した。《ペトロヴナ》艦内ではすでに、ツナミ艦の作戦が成功したことを知っていた。トル・シグバンが《ツナミ80》と《ツナミ82》に、それぞれ同数の捕虜を乗せてできるだけ早くテラに連れていくよう命じた。

ロボットの積み替えにはリド・ナルボンヌとナイジェル・デイヴィスが参加した。ナイジェルは上機嫌だ。

「襲撃がなんのためだったのか、かれらから聞けるだろう」と、輝く目でいって、牽引フィールドで《ツナミ80》に収容されるロボットの一群を指さした。「あの飛行断片をどう処理するかも、もうわかった。きみも見てろよ……」この言葉とともに、リドの肩をどんとたたいた。「数日もすれば、この悪夢は消え去るから」

リドはジェフロモ・サーゲンダッシュから聞いた予言を思いだし、ナイジェルのいうこともジェフロのいうことも当たっていますようにと、切に願った。

＊

ヴィシュナの調査はそのころ成果をあげていた。疑いを裏づける情報が次から次へと入ってくる。方位探知の結果、非熱性のインパルス源は、その時点で惑星テラが見えたはずの位置から三億キロメートルもはなれている。いいかえると、このインパルスは探知システムがスクリーンにうつしだす惑星からきてはいないのだ。

映像がしめす惑星は、半径一億五千万キロメートルの軌道上を動いている。その差が二倍もあるのは奇妙だ。かんたんな論理的説明があるのだろうか？　ヴィシュナは自分の〝論理マシン〟に相談する。テラナーはこれをコンピュータと名づけるだろうが、それよりも実際もっと価値があるものだ。ミクロのフィールドによって機能する、複雑なマシンなのである。人間の頭脳の計算能力よりはるかにすぐれ、人間の理解力ではまったく関連性を見いだせないような事象を、完璧に、わかりやすい図にまとめあげることができる。

マシンの説明によると、この映像は、すこし前に記録された重力衝撃波をつけくわえなければ完成しないという。これはヴィシュナの疑念どおりだ。重力波がそばを通るときに記録されたデータをあらたに持ちだして、解析した。論理マシンは、衝撃波の形態が、ブラックホール形成のさいに収縮していく恒星の周辺に発生するような時空構造障害に特有なものだと断定した。それでも、その振幅はわずかなもので、これを引き起こした事態はおそらく、恒星のような規模ではないという。

それに対し、ヴィシュナはこう主張した……ブラックホール発生には強い空間歪曲がともなうもの。この弱い衝撃波は、もうすこしちいさい規模の質量、たとえば惑星などの周囲をかこむ空間歪曲から起こった結果だと推量できるか？

可能だと論理マシンが答え、マイクロプロセッサーを操作し、個々の問題を算出した。結果は、それは可能なだけでなく、かなり確実だということだ。

この回答でヴィシュナは確信を持った。テラナーに対する敬意があらたに大きくなる。かれらは自分たちの惑星をかくす方法を知っていたのだ。そのポジションに、一般的な方法では人工物だと証明できない、惑星とその衛星の最高級のにせものを見せつけた。テラナーの作戦を明るみに出したのは、ほんの些細な事実にすぎない。重力衝撃波と、非熱性インパルス放射源の不一致だ。このヒントなしでは、ヴィシュナは敵の偽装工作に完全にだまされていただろう。

これでほんものの地球のポジションがわかった。べつの宇宙にある、閉じた空間歪曲のなかにかくれている。その別宇宙への入口があるのは、テラナーが撤去しなかったならば地球があったはずのところだ。つまり、偽の地球の向こう側……三億キロメートルはなれた宙域である。

ヴィシュナはいくつかの命令をあたえる。この任務には集中した力が必要だ。太陽系内に浮遊している数万の断片……そのうちふたつはすでに外惑星の最大の衛星上空で破壊された。テラナーが学習したことをしめす証拠だ……には、これはできないだろう。まぎれもなく、両スーパー構造体つまりクロングヘイムとパルスフォンの任務になる。

〝真空稲妻〟を集中的に使用しないかぎり、テラをかくれ場から引きずりだすことはできないのだから。

危険な仕事でさえなんと早くルーチンになってしまうのか、と、ヴェリア・デイヴィスは思う。

6

思考タンクですごす〝危機的な〟日々の三日めだ。その前に実験の目的ですごしたここでの長い時間は、計算に入れていない。仕事場に足を踏み入れるたびに、同じ手順がくりかえされた。礼儀正しく前任者といくらか言葉をかわし、席にすわると壁が暗くなり、映像があらわれ、時間ダムに精神集中すれば……それで実際の任務となる。なぜならば、その時点からヴェリアの意識はプシ・トラストとひとつになり、よほど混乱させるような大事件が起こらないかぎり……いずれにしても思考タンクでは起こりえないが……メンタル・ハーモニーが妨害されることはない。

ふたつの巨大な構造体があらわれたというニュースで起こった最初のパニックは、プシオニカーにとってはもう過去のことだ。時間ダムは振動すらしなかった。専門家グループは構造通廊を閉じ、最終的にテラ＝ルナ系を宇宙ののこりすべてから孤立させた。

ことはすべてうまく運んだのだ。人間のなかのちいさな集団が強力なヴィシュナをあざむくことができたとわかるのは、いい気分である。プシオニカーたちの自負心は日に日に増してきた。複数の楽天主義者が、ヴィシュナはなにも気づかずに通りすぎ、人類の故郷惑星は脅威的な運命から逃れるだろうと見通しを述べたとき、思考タンクにはある種の陶酔感がひろがった。

ヴェリアの勤務時間は終わろうとしていた。ルーダ・ノースラプの部屋に連絡する。ルーダは、ヴェリアがすこしばかり面倒を見ている四十代なかばの若い女性で、きわめて強いプシ能力を持つ。ストロンカー・キーンにいわせると、プシオニカーのあいだで最強だ。だが同時に、気まぐれな印象をあたえる。未熟さがのこっていて、もうすこしでプシ・トラストに入れないところであった。ただその並はずれた強度なメンタル能力ゆえに、トラストの指導者役であるエルンスト・エラートが、感情の不安定傾向に目をつぶったのだ。

ヴェリアは最初の日から母親がわりにルーダを世話してきて、それが肯定的影響をもたらしたと思っている。ずいぶんおちついて、気の散ったようすもすくなくなり、ほほえむときも、もう神経質に目のまわりを引きつらせたりしなくなった。

部屋の左側の壁は透けて見える。ルーダの部屋が、すぐ隣りのように思えるほどだ。ルーダは連絡を待っていたようだった。美しい女性だが、心配ごとで早くも目尻にしわができている。

「連絡ありがとう」と、ルーダ。

「わたしのところで夕食はどう？」と、ヴェリアがたずねる。

「内容によりけりね」ルーダは答え、甘えたようなふりをした。「なにがあるの？　どちらかというと、わたしのほうが招待したい……」

そのとき突然、ルーダの顔にあらわれた表情を、ヴェリアは死ぬまでけっして忘れないだろう。彼女は話を中断したまま、目を大きく見開いた。涙があふれだす。口も開いたままだ。肌は死人のように真っ白になり、表情は陶磁器のように硬直した。二秒後には、美しい顔が恐怖にゆがみ、死の恐ろしさをにじませていた。

ヴェリア自身、自分の意識をとらえる未知の力を感じた。ルーダを介抱する時間はない。なにか恐ろしく巨大なものが脳のなかに定着して、かきまわしはじめた。ヴェリアが最初の瞬間に思ったようなヒュプノや暗示作用ではなく、粗野なむきだしのメンタル・エネルギー流が、理性を超えて入りこみ、それを引きずりだそうとしている。同じことをルーダも感じたのだ。ただ、彼女のプシ能力はヴェリアよりもはるかにすぐれているので、その感じ方は十倍もの強さになる。

まるで、だれかが灼熱の針で意識をかき混ぜているかのようで、ヴェリアは恐怖と痛みのあまり叫び声をあげた。本能的に出入口に走り、警報のスイッチを押す。自分の理性がもうプシ・トラストと調和していないのを感じた。プシオニカーの精神的枠組みが壊れていくようだ。時間ダムを支えるプシオン・エネルギー流のシュプールを、どこにも発見できない。

時間ダム！

突如、この出来ごとの意味がはっきりする。ヴィシュナが攻撃しているのだ！　自信を持って思いあがっていた自分たちのだれも、予測できなかった事態が起こったのだ。ただ、地球外生命体の攻撃は時間ダムに向けられている。プシ・トラストにではない。プシオニカーたちが感知したのは、時間ダム崩壊に使われたエネルギーの残存物である。それがプシオン性メンタル・フィールドにフィードバックされたのだ。

もしヴィシュナが直接プシ・トラストを攻撃していたら、大変なことになっていた！

ヴェリアはサイレンが鳴りひびくのを聞いた。自分がどこにいるのか、もうわからない。明るく照らされた通廊を、人々のゆがんだ表情を見た。意識に重くのしかかる痛みを感じる。見知らぬ人々が彼女を避けていく。その横を通りすぎて、無意識にルーダの部屋を探そうとするが、実際のところ、この大きな建物のどこにルーダがいるのかまったくわからなかった。

そのとき、力強い腕が彼女をとらえて、引きとめた。

「ヴェリア！　パニックにおちいっている場合じゃないぞ！」

ストロンカー・キーンのきびしい口調が彼女の呪縛を破る。ヴェリアはわれに返り、自分が建物の玄関近くにいるのに気づいた。疑いもなく、逃げようとしていたのだ。まわりは医療ロボットがあふれている。狼狽《ろうばい》し混乱して助けをもとめ、一部は怒り狂っているような人々に対処していた。

「ヴェリア、われわれの八十パーセントが脱落した」と、ストロンカー・キーンが話しかける。「きみに本当にもう力がないのならば、家に帰るか、ここで治療を受けなさい。でも、もし……」

ヴェリアがかれを見すえたので、キーンは黙った。

「大丈夫」と、決然とする。「ここにのこるわ。どうなるのかしら、ストロンカー？」

キーンは、とほうにくれたしぐさをする。

「わたしにもわからない。時間ダムは崩壊した。数週間前、まだわれわれが実験段階にあったときと同じような現象が、各都市から報告されている。ヴィシュナがわれわれのかくれ場を見つけ、攻撃をしかけたのだ。それ以外に説明がつかない」かれは手をいっそう強く握りしめた。「ヴェリア、ここに立って半時間話すこともできるだろうが、いましなくてはいけないのは……」

彼女は身を引き締めた。

「もう行くわ、ストロンカー。ルーダ・ノースラプのようすを見てほしいの。正気を失ったと思われるから」

＊

危機対策本部は事態の展開に驚いている。数分前、なぜふたつの巨大構造体がふたたび加速をはじめたのか不審に思っていた。その後、安全と思われていた地球のかくれ場に、時空間の根幹を揺るがすようなエネルギーが大量にあふれたのだ。時間ダムはひどく衝撃を受け、崩壊した。人間には防御できない巨大な力が地球をもてあそぶあいだ、ジュリアン・ティフラーひきいる危機対策本部は、なすすべもない硬直状態におちいった。

時間ダム崩壊によって、空間歪曲にかこまれた微小宇宙の内部では、一時的にあちこちで因果律が失われた。次々に奇妙な出来ごとが生じる。テラニア北東部の住人は、半時間のあいだ、庭を埋めつくし通りをかき消す熱帯ジャングルと直面した。西サハラでは、都市の一部が出現したと報告があった……おそらく、繁茂するジャングルに押しだされたさっきのテラニア郊外の地域だろう。非因果性の連鎖はボルネオからの報告で終わったが、そこでは砂漠の広大な地域が一時的にサンピット川の上流に定置した。この種の出来ごとには嵐や地震がともなう。ひどい被害が生じ、運悪く人命も失われた。危機対策本部は人々におちつくよう勧告するのみだった。ジュリアン・ティフラーは噂を流すことにした……時間ダム崩壊は、ひと月前にプシ・トラストが危険な実験をしたときと同様に一過性のもので、平静にもどるのは時間の問題だと。だが、こうした楽天主義になる動機は存在しない。首席テラナーは、嘘を大衆心理の操作に利用していると批判され、悪戦苦闘した。だれも公けに非難しなかったものの、ティフラーが精神的苦痛に悩んでいることはわかっていた。

数時間がたち、地球は絶え間ない震動にあえいだ。夜の半球上では空が裂けて、天空の星々は混乱した乱舞を見せ、惑星付近の時空構造が痙攣《けいれん》する。昼の半球上では、人工太陽の横でほんもののソルが輝く。大気が局部的に過熱され、潰滅的な勢いの大旋風が発生することとなった。時間ダムの亀裂を縫って、さまざまなテラ艦船のハイパー通信が入ってくる。ほとんどは、テラ周辺で観測される、記述不可能で衝撃的な出来ごとの説明をもとめる内容だ。そのうち数人は、見たものをすくなくとも概略的にあらわそうとした……地球と月が何重にもコピイされているとか、地球が鎖のように次々とつながって、はげしく旋回する月のチェーンに絡まれながら、時空を通って伸びているとか。

ヴィシュナの報復はいとも恐ろしかった。地球と月はカオスのなかに埋没しかけている。人類の終わりがきたかのように思えた。危機対策本部はもう平静を要求することもなく、それまでダム崩壊は一時的なものだと唱えていた声もすでに沈黙している。

ところが突然、静寂につつまれた。テラの夜側の天空が閉じ、昼側からほんもののソルが消える。嵐や大潮が引いていき、揺り動かされていた地球内部もしだいにおさまってきた。最後の震動が記録されてから三分後には、シシャ・ロルヴィクからこう報告があった。

「プシ・トラストは時間ダムを完全にコントロールできています。さらなる崩壊は近い未来には起こらないはずです」

テラニアではほっとひと息ついたが、かなりの疑念が混じっていた。なにがヴィシュナの攻撃をとめさせたのか？　なぜ彼女は、テラとルナが破壊されて人類が潰滅するまで、あの致命的なエネルギー流を維持しつづけなかったのか？　それが目的ではなかったのか？　いま乗りこえた悪夢は、ヴィシュナがおのれの武器をためした実験にすぎなかったのか？　それとも、これはいい前兆なのか？　ヴィシュナはエネルギーがなくなったからやめなければならなかったのか？　時間ダムが報復者の武器に耐えられるものだと証明されたのか？

ジュリアン・ティフラーにはわからなかった。どの可能性も考慮されなければならない。それが究明されないかぎり、ヴィシュナの襲撃がいまにもくりかえされることを想定すべきだろう。

地球のいたるところからとどく損害報告のひとつが、とくに首席テラナーの注目を引いた。攻撃のさいに放射されたエネルギーとプシ・トラストのメンタル流とのあいだに、明らかなフィードバックがあったという。シシャ・ロルヴィクからストロンカー・キーンが報告してきたところによると、何百人ものプシオニカーが脱落し、一部は精神に重い障害を負ったらしい。ジュリアン・ティフラーは、その者たちを即刻テラニアに搬送するよう命じた。地球上で最高の治療を受けさせるのは当然であるし、それ以外にも、プシオニカーの診断を通して、ヴィシュナが使用した武器の作用のしかたについてヒントが得られるのではと、ティフラーは期待した。

そのあとすぐ、ジェフリー・ワリンジャーから連絡を受けた。科学者の表情には、とほうにくれたようすがうかがえる。しばらく、どのように用件を伝えればいいのかわからないというように、ひと言も発せずにティフラーを見つめていた。

「ごらんのとおり、うまく言葉が出てきません」と、ようやくはじめる。「最後の震動をおぼえていますか？　二十分前のことですが」

「おぼえている」

ワリンジャーが首を左右に振る。

「それについての四次元的な説明ができないのです。時間ダムが揺さぶられることも、天空が裂けることもなく、時空構造のゆがみも生じませんでした。はっきりいうと、なにがあったのかさっぱりわからない。われわれにできるのは、ただ待って、目を見開いておくことだけです」

ワリンジャーの悲観的ないいまわしはティフラーを考えこませた。ところが、数分後にはまた気をそらされる。《ツナミ82》が連絡してきたのだ。非常に重要な知らせと、決定的な意味のある積み荷を持って、テラニア宇宙港に向かっているところだという。

「なんと！」ティフラーは唖然とする。「ヴィシュナが攻撃したとき、かれらはどこにいたのだ？」

＊

リド・ナルボンヌは人生の望みを絶った。

四分たらず前、《ツナミ80》と《ツナミ82》はならんでATGフィールドに消え去った。艦内にはタイタン上空で捕虜にしたロボットたちが乗っている。オートパイロットの計算では、ATG飛行は二百十秒つづいた。両艦が物質化したときはすでに時間ダム内で、地球は月の軌道半径を半分ほど過ぎたポジションにあった。

物質化してすぐ、《ツナミ82》は外殻に一撃を受け、鐘のように鳴りひびいた。リドはシートのなかで前方に倒れた。ハーネスがからだに食いこんで痛い。スクリーンには燃えあがる炎が揺らめくが、リドが想像していたようにエネルギー性の防御フィールドからではなく、もっと遠く、地球があるはずのポジションからきていた。艦は砲火にさらされていない。時空構造が混乱しはじめたのだ。

ヴィシュナの攻撃だ、と、リドの頭に浮かんだ。彼女が地球を見つけたのだ！

できるかぎり論理的に考えてみたが、それは当然だった。そうなるはずだった。太陽系があるべき姿ではないと気づく手がかりがありすぎたのだ。たとえ些細な、気づかないような手がかりでも……ヴィシュナがトリックを見破るという想定をすべきだった。

すべては机上の空論にすぎなかったのだ。《ツナミ82》は引っくり返り、縦横に揺さぶられ、回転している。オートパイロットはさらなるATG飛行を提示してこない。時空は大混乱だ。地球があるべき位置には、灼熱の惑星が無限にならんでいる……まるで、もとの惑星ひとつを二枚の鏡のあいだに置いたかのようだ。《ツナミ82》はまだ深刻な危機にはないが、自力では脱出できない。しかしこの瞬間、だれが82を救えるというのか？　もう時間の問題だろう。ヴィシュナの攻撃はいまはじまったばかり……ツナミ両艦がATGフィールドに入りこんだのと同時だ。あと数分あれば、ヴィシュナは正しい目標角度を見つけるだろう。

リドは《ツナミ80》と連絡をとろうとした。のちになって、耐えがたい出来ごとが過ぎ去ったとき、かれは何度も悔やんだものだ……このときの自分の行動が数分後の恐ろしい事態を引き起こしてしまったのではないかと。このような、逆さまになってゆがんだ時空構造においては、無害な力が潰滅的影響になり、本来の自然とは矛盾する作用を起こすのかもしれない。だが、それをだれが知りえたというのか？　宇宙艦が破滅への道に向かったのは、自分が《ツナミ80》と連絡をとろうとしたことによるものではないと、だれにいえるのか？　ヴィシュナが時間ダム内の宙域にあふれさせた致死的な力がハイパー波とフィードバックを起こし、意図されなかったその相互作用が、想像もできない異質な力の焦点に姉妹艦を押しやってしまったのかもしれない。だれにわかるというのだ？

《ツナミ80》の運命は、リドの目の前で起こった。かれは恐ろしさに見開いた目で、信じられない出来ごとを、見えなくなるまでスクリーンで凝視しつづけた。赤く光る雲のなかから《ツナミ80》の輪郭があらわれ、とほうもなく大きくなり、狂ったような速度で82めがけてやってくる。その外殻にナイジェル・デイヴィスの、痛みにゆがんだ顔があらわれた。茫然と大きく口を開け、とどろくような声をあげている。

「われわれ、押し流される！　リド、わたしの家族に……」

声がとだえた。威嚇《いかく》する巨大な壁のように、姉妹艦が《ツナミ82》の前をふさぐ。恐ろしさにサシャが叫ぶと、壁は消えて光る炎の一群と化し、あらゆる方向に飛散した。たたきつけるような衝撃が艦を襲う。リドはシートに沈みこむような気がした。

「発進できます！」オートパイロットが告げる。「ATG……作動！」

リドが正気にもどり、ただの悪夢より恐ろしい体験をしたとわかりはじめたとき、《ツナミ82》はヴィシュナの解きはなったエネルギーが引き起こした大混乱事態から遠くはなれていた。艦の前の宇宙空間で、本来見えないはずの時間ダムが赤く燃えている。ダムの壁にくりかえし亀裂ができ、地球のかくれ場が見えた。そこは地球と月の何百もの複製でいっぱいだった。

姉妹艦が消えたあと、ほんのわずかのあいだ、《ツナミ82》はエネルギーの影響のない宙域に達する。この僅少の時間をオートパイロットは利用して、ATGフィールドを作動し、艦を安全圏にもたらした。リドはハイパーカムを作動させる。

「80のナイジェル・デイヴィス……状況を知らせてくれ！」

かれは十回これをくりかえしたのち、サシャが長いあいだ自分を見つめているのに気づいた。顔を向けると、悲しげな思いやりのあるまなざしがあった。

「もう80はいないわ。なにを見たかわかっているでしょう。現象学については知っているはず。かれらは時空の折り目のなかに消えてしまった」

リド・ナルボンヌは絶望的な執拗さで、避けられないもの、理解しがたいものと戦った。かれは呼びつづけたが、80は応答しなかった。何時間も過ぎていく。ヴィシュナの攻撃はおさまり、時間ダム宙域の強いエネルギーの揺らめきは消えた。サシャ・インはあらためて前進する。姉妹艦とその貴重な積み荷が消失したからこそ、《ツナミ82》が無傷で目標に到達することがより重要になるのだ。

こんどはうまくいった。《ツナミ82》は、なんの支障もなく時間ダムを通り抜けた。

目前に迫った到着をテラニアに連絡する。リドは姉妹艦の捜索願いを出した。だが、テラでは80の行方をだれも知らなかった。

＊

「《ツナミ82》の艦長と操縦士です」と、ロボット音声が告げる。

ジュリアン・ティフラーは顔をあげ、レジナルド・ブルと視線をかわして意思疎通すると、モニターの方向を見てうなずいた。

「入りなさい」

小人のような女艦長とその横の長身の操縦士を見たとき、ブリーもティフラーもなんとか驚きをかくすことができた。サシャ・インについて聞いたことはあったが、からだの大きさに関しては話題にならなかったのだ。サシャはすすめられた席に堂々とすわり、操縦士に手で合図して、同じくすわるよう指示する。リド・ナルボンヌ……ティフラーはその名をコンピュータの応対リストでたしかめていた……の動きは、やや鈍い。深い心痛に苦しんでいるようだ。

「われわれを迎える時間を割《さ》いてくださったことに感謝します」と、サシャが話しはじめる。

「82の功績を考えたら当然だ」レジナルド・ブルが賞讃していう。「きみたちの助けがなくては、どのような敵に対処するのかがいまだにわからなかっただろう」

「ロボット捕虜を分析すれば、テラの防衛態勢は、敵に対する本格的な攻撃態勢に変化すると思います」と、サシャ。

ティフラーがうなずく。

「いま分析中だ。グリーンのバリアを無効にすることをロボットに納得させるには、やや手荒なやり方をしなければならなかったがね」首席テラナーはほほえんだ。「それから は、すこし検査しやすくなったものだ。われわれ、クロングとパルスフについていくらかわかった」

「クロングとパルスフ？」サシャが当惑してたずねる。

「そう名乗っている」と、ティフラー。「それが唯一、進んで提供した情報だ」

「作戦には80も参加したんです」と、リド・ナルボンヌがいう。だれもかれの発言を予想していなかった。いままでの談話を拒否するかのように、ぼんやりと前方を凝視している。

レジナルド・ブルは驚いてじっと見た。

「80も参加したのは知っている」と、述べる。「ヴィシュナの攻撃のあいだにテラに向かおうとして事故に遭い、異宇宙に消え去ったことも、ここまでとどいている」

サシャがなだめるようなしぐさをする。

「かれの親友のひとりが搭乗していました」と、話す。

「ナイジェル・デイヴィスです」と、ふさぎこんだ声でリドがつけくわえる。「敵のアイスグリーンのエネルギー・フィールドを冷覆バリアと名づけたのはかれです。ナイジェルはもういません。せめて、かれのつくった言葉をおぼえていてください」

レジナルド・ブルは明らかに、使命にとりつかれたようなこの頑固な操縦士と本格的にやりあうつもりのようだったが、ティフラーが合図してとめた。リドがどのような気持ちなのかわかったようだ。

「われわれはナイジェルの名前を忘れないだろう」と、首席テラナー。「80は失われた。人類が……その意志に反して……巻きこまれた戦いの途中で、命を落とすことは、くりかえし生じてきた。人間はだれも自分自身だけではない。周囲に親類や友人など仲間がいるもの。どの人間を失うこともつらい損失だ。友人はその苦痛を乗りこえるのをたがいに助けるためにある。きみは戦友をなくして、悲痛な思いでいる。きみがわれわれに話した感じでは、援助が必要だろう。力になりたい」

リドは前に身をかがめ、両手で顔をおおった。話しだすまでにしばらくかかった。

「ナイジェルはわたしにたのみごとをしました。かれの家族に……両親に、報告しなければなりません。わたしがします。どこに住んでいるのか教えてください」

＊

ヤーブロ・クロンは疲れたしぐさで湖畔のほうを指さした。そこには、雑然と倒れた松の木々が高く積みあがっている。地面からもぎとられたのもあって、根についた土がまだ湿気をふくんでいる。まるで竜巻に襲われたかのような光景だ。

「あそこでブッバを見つけたのだ」と、ヤーブロがいう。「かれはいつものようにあそこにすわって、釣りをしていた。そこに突然、大騒ぎが起きた。二十分間、湖の水が半分なくなったのだ。水がもどってきたら、いまきみが見ているように、木々が横たわっていた。その一本が当たってブッバは死んだ。だれも助けられなかった。われわれはかれを町に搬送したよ。きみがくるのが一時間早かったら、会えなかった」

リド・ナルボンヌは湖を見つめた。しずかな湖面から高く突きでた木々は悲しげだが、どこか平穏な光景をかもしだしている。

「もう見つけられないかと思いました」と、リド。「デイヴィスという名字の人を探していたので」

「ヴェリアが旧姓をのこしたのだ」ヤーブロが答える。「ここ南部では、デイヴィスはもう二千二百年近く、ひろく名声のある名前でね。ナイジェルは母親の名字を名乗っていたわけだ」

ふたりはしばらくのあいだ黙っていた。それからリドが、

「事情はおわかりですね。ナイジェルが……死んだとは、だれもいいません。宇宙艦とともにべつの次元に消え去ったのです。いつの日か、もどる道が見つかるかもしれない。ただ、わたしがあなたの立場だったら……」

ヤーブロはなだめるように、手をリドの腕に置いて、なんとかほほえんでみせた。

「希望を持たせてくれなくてもいいのだよ、若者」と、いった。「ナイジェルが艦隊で職を見つけたとき、リスクのない生活はなくなるとわかっていた。いまどき兵隊とは呼ばないが、仕事は同じだ。息子は義務をはたした。それに価値があるとわたしは思っている。母親がどう感じるかは別問題だが。わたしがいたわりながら、配慮して知らせるよ。彼女は最近、大変だった。いつも緊張していてね」

またも静寂につつまれる。ボーフォルが揺り椅子の下に入りこみ、昼寝をはじめた。

数分たつと、またヤーブロが、

「すくなくとも、むだ死にではなかったという気持ちになれればいいのだが」切迫した面持ちで、すこし非難めいた声だ。「そこに意味を見いだせれば、すべてがまんできるのだが」

「わたしはティフラーとブルと話しました。わたしの頭がおかしいわけではないと、サシャ・イン艦長がふたりを納得させたあとのことですが」リドは、あの忘れることのな

い出会いを思いだしながら、ほほえむ。「かれらはツナミ艦が持ってきた積み荷にかなり期待しているようです。これでようやく、だれと戦っていたのかまったくわからないという状況ではなくなりました。ブルとティフラーは、捕まえたロボットが経験してきたことを分析すれば、かなりのことがわかると当てにしています。防衛のための有用なコンセプトをつくれるような手がかりがあるのではないかと」

ヤーブロがうなずいて、

「最善を期待しようではないか」と、つぶやいた。

リドの目の前で、しずかな湖と朽ちた木々の光景が朦朧となった。ジェフロモ・サーゲンダッシュの顔が浮かぶ。ジェフロモの予言が当たるまで、まだどれほど待たなければならないのだろう。

あとがきにかえて

稲田久美

今回も登場するローダンの側近レジナルド・ブルや首席テラナー、ジュリアン・ティフラーは二千年以上生きているという。ペリー・ローダンと同じように、不死者ということになっている。細胞活性装置の保持者だ。

ほとんどの読者の方々には当然すぎることでもうしわけないのだが、私は、このローダンの世界に足を踏み入れて一年もたっておらず、必死に追いかけているので、ただ単純に知りたいことが山とある。何となくはわかるがこの装置はおよそどんなもので、どういういきさつで、誰がもっているのだ？　早川書房の編集者Tさんに電話をしたらすぐに詳しく説明されるに違いない。だが、もしかしたら、ほかにも私のように感じる新しい読者の方もいらっしゃるかもしれない。また、私の友人の一人は、このローダン・シリーズに〝乗り遅れ〟、ずっと気になっていたが、私が翻訳したことを知って、ついに読み始めたという。その友人もきっと "乗り遅れ" による穴を埋めたいだろうと勝手に想像して、今回はこのテーマにする。

現在のドイツのヘフトでは新銀河暦一五五一年くらいになっている。気の遠くなるような、三千年以上の長い時間、人類のために奔走し続けているローダンとその仲間たちに思いをはせる。

細胞活性装置のない私には、もう小さい活字を素早く斜め読みして的確に理解することが一苦労である。なんとか、ローダン・ハンドブックやペリーペディアをめくって少しずつ明らかになってきた。この装置は、ローダンたちが西暦二十四世紀に取得したものだが、かれは一九三六年生まれだから、この装置以前にも長生きのためのなにかがあった。細胞シャワーというものだ。その照射を受けていたという。すぐに、古代ドイツの英雄ジークフリートが悪竜退治の後、その血を浴びて不死身になったという話を思い出した。竜の血を浴びていた時、一枚の葉が舞い落ちてきて、背中についてしまった。そこだけ〝血のシャワー〟があたらなかった。あとになって、そこを狙われ殺されてしまう。細胞シャワーの方には、もちろんそのようなミスはなく、ハイパーエネルギー照射がおこなわれる。個々の細胞が六十二年間そのまま保存され老化が停止するのだそうだ。これは無論、人類の技術ではなく、超越知性体〝それ〟が展開したものだ。ローダンが銀河系の謎を解いたのちに受けた恩恵であった。側近レジナルド・ブルをはじめ数人もローダンの仲間として照射された。

細胞シャワーは六十二年ごとに照射をくりかえされねばならず、それも超越知性体の人工惑星ワンダラーにおいてだけ可能だった。ところが突如、超越知性体に予期せぬ危険が迫った。結果として、ワンダラーが破壊される事態となり、細胞シャワーもまた、ともに消えてなくなることとなった。

〝それ〟は逃亡の寸前、二三二六年に細胞活性装置を二十五個銀河系に投げ入れることだけはしていった。知的生命の近くで反応したり、さまざまな信号を発して探知可能なこの二十五個の装置を取得するための激しい戦いが銀河系で繰り広げられる。ローダンたちは、それ以前に細胞活性装置を〝それ〟から受けとっていたローダンとアトランのもの以外にも、結局二十一個を所有することになった（ただし、そのいくつかはのちに破壊されたり失われたりしている）。七センチメートルほどの小さな装置の五次元の振動が、さまざまな細胞にそれぞれ違った作用をすることによって保持者には、細胞シャワー以上の効力が与えられる。老化が阻止され、病気や毒物を恐れる必要はなく、傷の治癒も段違いにはやくなる。体力の消耗からもすぐに回復でき、睡眠も少なくて済む。ローダンは二日間寝なくても全く問題ない。だが爆発とか大きな破壊力などには効果なく、また装置を一定時間以上保持していなければ急激な老化で死んでしまうことになる。個々の保持者の遺伝子にあわせたもので、細胞シャワーよりも複雑で、六十二年間というような制限はなく、保持している限り効力が続く。ただ同じものを人類が構築することはできなかった。

この装置があるから、何千年にもわたるローダンたちの活躍が語り続けられるわけだ。わずかな細胞活性装置保持者たちは、長い人生の中で、私たちには想像もできないほど多く別れを体験しているのだろう。ふつうに生まれ、ふつうに年を取って、ふつうに死んでいく人々の中で、自分たちだけは、同じ外見のままで、例えばローダンなら三十九歳くらいのままで生き続ける。どこで読み始めても、それが西暦二〇〇〇年であっても、NGZ一五〇〇年であっても変わらない。SFであるから、その終わりのない人生に憂《うれ》うこともないのである。

訳者略歴　お茶の水女子大学教育心理学科卒業，翻訳家　訳書『クラスト・マグノの管理者』シドウ&ヴルチェク（共訳，早川書房刊）他

HM=Hayakawa Mystery
SF=Science Fiction
JA=Japanese Author
NV=Novel
NF=Nonfiction
FT=Fantasy

宇宙英雄ローダン・シリーズ〈564〉

永遠《えいえん》の奉仕者《ほうししや》

〈SF2171〉

二〇一八年三月　十　日　印刷
二〇一八年三月十五日　発行

（定価はカバーに表示してあります）

著　者　マリアンネ・シドウ　クルト・マール
訳　者　稲《いな》田《だ》久《く》美《み》
発行者　早川　浩
発行所　株式会社　早川書房

郵便番号　一〇一 - 〇〇四六
東京都千代田区神田多町二ノ二
電話　〇三 - 三二五二 - 三一一一（大代表）
振替　〇〇一六〇 - 三 - 四七七九九
http://www.hayakawa-online.co.jp

乱丁・落丁本は小社制作部宛お送り下さい。
送料小社負担にてお取りかえいたします。

印刷・信毎書籍印刷株式会社　製本・株式会社川島製本所
Printed and bound in Japan
ISBN978-4-15-012171-6 C0197